일상의 어려움

일상의 어려움

박요한 비평집

일상의 어려움은
대체로 우연이 아니다.

좋은땅

인간이 이렇게도 슬픈데,
주여, 바다가 너무나도 푸릅니다.
— 엔도 슈사쿠

작가의 말

나는 오전 아홉 시에 출근을 한다. 오전에 3시간을 일하고, 1시간을 쉰다. 오후에는 5시간을 일한다. 그러고는 특별한 일이 없으면, 오후 다섯 시 오십 분쯤에 퇴근 준비를 한다.

퇴근을 하면, 적게 먹고 많이 쓰려고 한다. 그러나 대부분 많이 먹고, 적게 쓴다. 글을 쓴 시간은 많지만, 내 손에 남아 있는 글은 많지 않다. 나는 내가 쓴 글을 쉽게 찢고 버렸다. 쫓기듯 쓴 글을 다시 읽으면, 흉하고 징그러웠다.

제목은 '일상의 어려움'이라 지었다. 여러 산문의 제목을 지었으나, 나의 산문들은 결국 일상의 어려움을 겪는 내용이었다. 일상이 어려운 시대다. 그러나 나의 글이 시대적 함의를 가졌다고 생각하지 않는다. 또한 시대적 흐름을 거슬러 올라간다고도 보지 않는다.

나는 그저 어려움을 관찰하고 서술하고자 했다. 주어로, 동사로, 형용사로 어려움을 서술하다 보면, 어려움을 알 수 있을 것이라 생각했다. 그러나 어려움이란, 하나의 생경한 언어와도 같아서 안다고 할 수도 없고, 자유자재로 구사할 수도 없는 노릇이었다.

어려움에 관하여 적었으나, 나는 여전히 어려움 속에서 살 것이다. 나는 무뢰배에게 또 굴복할 것이고, 굴복당한 일상으로 되돌아와 다시 적을 것이다. 적고 적어서 언젠가는 어려움이라는 언어를 구사하는 날이 오면, 능숙하게 어려움을 다룰 수 있기를 바란다. 글을 적어서 내가 바라는 것은 이뿐이다.

끝으로 여러 졸문을 모아 엮은 이 발간물을 나의 첫 독자인 김영선, 박보언에게 바친다.

2026.3.27.

박요한

목차

서다

쉬다

살다

연안어선

교육방송(EBS)에서 제작하는 다큐멘터리는 영상의 완성도에서 다른 채널의 추종을 불허한다. 교육방송의 영상 수준은 미학적인 측면에서 국한된 것이 아닌 인간 개인의 서사를 다루는 솜씨가 훌륭한데, 나는 교육방송 다큐멘터리의 조회수가 높은 이유가 유재석과 조세호가 MC로 있는《유 퀴즈 온 더 블럭》이 사랑받는 이유와 일맥상통한다고 본다.

교육방송의 다큐멘터리는 교육방송이라는 이름처럼 많은 사람들이 시청할 수 있도록 동영상 스트리밍 사이트인 유튜브에 무료로 업로드해 놓았다. 개중에 인기가 많은 것은 주로 바다와 관련된 것들이다. 아마 나와 같이 용기는 부족하지만, 자연물에 대한 동경심만 가득한 사내들이 퇴근 후에 이를 시청했을 것이다.

거대한 선박을 건조하는 영상이나, 크루즈나 컨테이너선처럼 거대한 선박이 항해하는 영상도 인기가 좋지만, 고등어잡이, 갈

치잡이, 꽃게잡이처럼 5톤 미만의 어선이 밥벌이를 하는 모습을 보여 주는 영상은 특히 인기가 좋다. 해양수산부가 배포한 보도자료에 따르면, 2023년 기준 해양당국에 신고한 대한민국 국적의 어선 중 절반 이상은 연안어선(36,657척, 57.1%)이었고, 그 뒤로 양식어선과 내수면어선, 근해어선 순으로 많았다.

보도자료에는 어업별, 톤급별, 재질별, 지역별로 통계를 발표했는데, 종(縱)으로는 통계를 냈지만, 횡(橫)으로는 통계를 내지 않았다. 이를테면 64,233척의 어선 중 목선은 654척이지만, 이 목선이 어느 시·도에 많은지는 알 수 없었다. 다만 세간이 흔히 어업의 대명사 격이라고 생각하는 원양어선은 전체 어선의 0.3%, 191척에 불과했고, 이마저도 전년도보다 3척 줄어들었다는 것은 알 수 있었다.

교육방송의 영상에도 원양어선이 항해하는 모습과 그 안에 타고 있는 선장과, 항해사와 그의 명을 따르는 선원들의 삶이 있었다. 그러나 그 삶 속에는 명확한 위계가 있었고, 뚜렷한 조직이 있었다. 또한 묘하게 극적인 데가 있어서 나로서는 쉽사리 다가오지 않았다.

반면, 연안어선에 흐르는 긴장감은 나에게 소금기와 눈칫밥을 체험하게 했다. 연안어선에는 명확한 체계보다는 다양한 사고에 대처하기 위한 임기응변이 있었고, 그 임기응변에는 사내들의 고함과 약육강식의 당연한 이치가 있었다. 연안어선 선장의 권위는 높았다. 선장은 선원들과 겸상을 하지 않았고, 선장실 밖으로는 나가지 않았다. 각종 사고를 처리하는 것은 선장보다 나이가 많았던 기관장의 몫이었는데, 뱃사람들의 생리를 알지 못하는 나로서는 아리송한 조직이라는 생각이 들었다.

그러다 문득, 내가 속한 조직을 떠올렸고 나는 원양어선의 이치를 다시금 생각하게 되었다. 내가 속한 조직은 하루가 멀다 하고 경솔한 다툼을 벌이고 있고, 나 역시 몇 번 참전했다가 적게 이기고, 크게 패배하기를 반복하고 있다. 내게 이런저런 이야기를 전하는 사람도 많아서, 나중에는 누가 어떤 이야기를 비밀에 부치라고 했는지도 잊어버리게 된다.

우리 조직의 다툼에 참전한 사람들은 제각기 윤리적인 우위를 점하려고 하나, 본디 싸움의 본질에는 윤리란 존재하기 어렵다. 각자가 황실을 유린한 동탁을 토벌하기 위한 18로 제후를 자처하나 18로 제후 해체 이후에 찾아온 군웅할거의 시대에 야만이 들끓었던 기억은 모두 잊었다.

나와 같은 쪽에 서서 18로 제후를 자처하는 사람들은 불행하게도 화웅(華雄)조차도 베지 못하고 있다. 유섭과 반봉은 이미 쓰러진 지 오래고, 나는 무안국처럼 한쪽 팔이 잘려 나간 지 오래다. 러시아와 우크라이나 전쟁보다 오래된 사내 정치는 끝날 기미가 보이지 않는다.

　배수량이 작은 선박을 운용하는 조직이건만, 조타기를 잡은 선장이 여러 명이다. 아니다. 기관장도 여러 명이고, 갑판장도 여러 명이다. 내가 연안어선을 보고 긴장감을 느꼈던 까닭은 연안어선 갑판 위의 긴장감이 내게는 익숙한 풍경이었기 때문일 것이다.

　외국인 선원은 고국에 있는 아내 이야기를 할 때를 제외하곤 마땅히 할 이야기가 없는 사람처럼 보였다. 내 책상 맞은편에 앉은 신규 주무관은 연안어선의 외국인 선원처럼 먼저 대화의 주제를 꺼내지 않는다. 그저 묻는 말에만 대답한다. 선장이 여러 명인 조직에는 그저 머리를 처박고 파도를 피하는 것이 상책이라는 것을 이미 깨달은 모양이다. 그가 석 달 만에 깨달은 사실을 나는 삼 년째 모르고 있다. 나의 몸은 병들었는데, 혀는 젊어서 자꾸 날뛴다.

2024. 11. 17.

악력 테스트

나는 몸집이 작고, 초라해서 구기종목과 같은 체육시간이 반갑지 않았다. 유일하게 자의로서 즐겼던 운동은 야구였는데, 초·중학교 단위에서 야구는 덩치와 크게 관계가 없었기 때문이다. 덩치가 커서 구속이 빠른 아이들은 쉽사리 제구를 잡지 못했고, 제구에만 치중한 아이들은 배팅볼 투수가 되기 십상이었다. 나의 공은 구속이 빠르지 않았기에 배팅볼 투수가 되기 직전이었다. 나는 꾀를 내어 투구폼을 바꿨다. 오버핸드로 던지는 아이들과 차이를 두기 위하여 사이드암으로, 언더핸드로, 언더스로우로 점차 투구 자세를 지면과 맞닿게 던졌다.

요사스러운 투구폼에 적응하지 못했던 어린 사내들은 금방 헛스윙했다. 몇몇 야구 규칙에 과문한 아이들은 나의 투구폼을 두고 손가락질하며 반칙을 운운했다. 나는 보크(Balk)를 말하는 것이냐며 되물었고, 아이들은 보크가 뭐냐고 내게 다시 물었다. 반칙 시비는 더 이상 제기되지 않았다. 나는 느린 구속으로도 제법 삼진을 잡아냈고, 5학년 선배들은 스트라이크 세 번을 당하고도, "한 번만 더" 치겠다고 우겼다. 나는 스트라이크를 네 번이나 잡고 나서야 한 번의 삼진을 기록할 수 있었다. 나는 그렇게 선발과 중계, 마무리를 오갔다. 같은 경기에 선발투수로 등판했으나 실점으로 강판당했다가, 구원투수의 제구력 난조로 재등판하는 일도 잦았다.

나는 야구 경기를 하면, 줄곧 소방수 역할을 했으나 축구나 농구와 같이 신체 조건이 수반되어야 하는 종목에서는 내가 나설 자리가 없었다. 누울 자리가 없었기에 나는 발을 뻗지 않았고, 나는 주심이나 부심, 해설이나 감독을 하겠다고 나섰다. 해설을 하겠다고 나설 때에는 신체가 다부진 사내아이들을 놀려먹기에 바빴고, 나처럼 벤치를 지키는 아이들은 나의 해설을 듣고 끅끅대며 웃었다. 가끔은 축구 경기의 감독을 맡기도 했는데, 선수의 출전 여부를 결정할 권한은 내게 없었다. 아무개가 출전을 하는 여부를 결정하는 것은 주장 격의 실력을 갖춘 사내아이에게 있었는데, 나는 이미 완성된 출전 명단을 받아 보관하는 것이 감독으로서 유일한 나의 역할이었다.

한편, 학년마다 실시하는 체력장은 나의 체력 수준을 같은 반 친구들에게 공개하여야 하는 나로서는 곤란한 시험장이었다. 평소 아이들의 체력 수준이나 구기종목에서의 경기 수준을 스포츠 평론가 수준으로 입을 놀렸던 터라 부박한 나의 행실에 대한 업보는 고스란히 되돌아왔다.

그중 악력(握力) 테스트를 했는데, 통상 초등학교 고학년이나 중학교 저학년의 경우에는 신체의 발달 정도가 남학생보다 여학생이 한두 걸음 앞서 있었다. 여자아이들은 제2차 성징을 겪으며 젖가슴이 나오고, 허벅지가 굵어지며 발육된 정도의 편차가 성별 간으로도, 성별 안으로도 발생하는 시기였다.

지천명을 바라보는, 어느 노교사는 악력 테스트를 측정하는 것으로부터 비롯한 문제를 이미 알고 있는 듯했다. 선생은 악력 테스트기를 가리키며, 기계 설정값을 변경하여 입력하면 남성과 여성의 측정값이 다르게 산출된다고 일렀다. 선생은 자연스럽게 준비된 대사를 낭독했지만, 머리가 굵은 여학생은 코웃음을 쳤다.

체육 시간에는 신장으로 번호를 매겼는데, 겨울방학에 자란 내 앞번호 녀석은 뒷번호로 떠나서 다시 돌아오지 않았다. 나는 중학교 3학년에 가서야 겨우 키가 자라, 고등학교에 가서는 평범한 신장을 갖게 되었고 평범한 신장과 평범한 외모를 가진 덕에 가까스로 연애질을 몇 번 하게 되어 끝내 평범한 사내가 되었다.

여학생들이 앞서 악력 테스트를 모두 마치고, 키가 가장 작은 남학생부터 측정을 시작했다. 나보다도 더 작았던 아이들은 악력 테스트를 부끄러워했고, 이를 악물며 손에 힘을 줬다. 상박(上膊)이 애처롭게 떨렸고, 힘을 주지 않은 반대편 팔목은 중력을 거스르듯 어색하게 상승했다. 그러나 떨리던 팔목과는 달리 악력 테스트기의 수치는 정직했고, 제2차 성징의 강을 건너지 못한 남학생들의 악력은 초라했다.

한 여학생은 1번 남학생의 점수가 자신보다 낮다고 소리 내며 웃었다. 나는 그 여학생의 말을 들으며 나의 순서가 오지 않기를 바랐다. 온화하던 선생은 진지하게 여학생을 나무랐고, 다시금 애꿎은 기계를 만지작대며 남녀의 설정값이 다르다고 설명했다. 그러나 사춘기 여자아이의 기는 쉽사리 억제할 수 없는 것이라 노교사의 임기응변으로는 해결할 수 없었다.

나는 그 여자아이를 보며, "저 아이는 남자가 되고 싶었구나." 하고 생각했다. 성별로서의 성기를 이식하고, 제거하여 남성이 되는 것이 아닌, 남성이 가진 남성성을 갖고 싶어 하는 것처럼 보였다. 그러나 남성이 언제나 강자이고, 야성을 가진 사내가 될 수는 없다. 어떤 남자는 체육 시간에 1번을 해야 하고, 어떤 남자는 여자보다 낮은 악력 점수를 받아 들고 자리로 돌아가야 한다. 학교를 졸업하고 성인이 되어서는 사랑하는 여인 앞에서 나보다 강한 사내에게 굴욕을 당하거나, 굴복하는 것을 감내해야 하는 순간도 겪어야 한다. 과시하는 것 이외에는 포기하거나 손에 잡을 수 없는 것들이 가득한 관념을 두고 부러워하는 것은 참으로 헛되다고 느꼈다.

나는 남성으로 태어나 생리를 해 본 적도, 아이를 가진 적도, 아이를 낳은 적도 없다. 앞으로도 없을 것이다. 그러나 여성성이라는 우리 사회의 관념을 부러워하거나 갖고 싶었던 적은 없었다. 태어나 보니, 사내로 태어났고 그 덕에 힘이 세고, 건강한 것을 미덕으로 여기며, 운동신경을 갖춰야 한다는 다양한 사회적인 요구를 받아 왔다. 그러한 사회적 요구에는 머리를 밀고 소총을 부여받아 군에 입대하기 위하여 건강한 신체를 유지하여야 하는 것도 포함되어 있었을 것이다.

나는 본디 천성이 수구(守舊)한 사람이라, 이렇듯 남성들과 여성들이 요구받는 다양한 성질의 책임을 부정하고 싶지는 않다. 나는 남성미가 느껴지는 스포츠를 보며 부러움을 느끼고 탄성을 터트린다. 그리고 여성스러운 말씨나 친절함을 느낄 때면 나의 마음도 한동안 동하여 간질거리는 기분을 오랫동안 간직하고자 한다. 이것은 잘못된 공교육을 받아 내가 정치적으로 편향된 관념을 가지게 되었다고 생각하지 않는다. 내가 가진 관념은 그저 인류가 인류를 낳는 동안 이름이 이름으로 전해지고,

밥을 빌어먹고 살아남는 방법을 학습하는 과정의 자연스러운 일이라 생각하기 때문이다.

사타구니의 모양으로 결정된 미약한 운명을 가진 사람들끼리 어찌할 수 없는 도리를 갖고 싸우는 것은 우습다. 남성이 여성성을 부정하고, 여성이 남성성을 부정하는 것으로 우리 사회의 문제를 해결할 것이라 믿지 않는다. 나는 그저 아무런 설정 기능도 없는 악력 테스트기를 만지작거리는 늙은 노교사의 마음 씀씀이가 남성과 여성의 성별에 따른 경계를 초월한 인류의 능력이라 믿을 뿐이다.

2024. 11. 14.

한화 이글스와 나

5월하고도 열흘째인데도 쌀쌀한 날씨처럼 이상한 한국 프로야구의 순위는 멀쩡한 눈을 의심하게 만든다. 한화 이글스는 지금 1위를 달리고 있다. 40경기 27승 13패, 12연승. 나는 이 문장이 낯설다고 느낀다.

나는 요 며칠 한화 이글스가 안타를 치고, 홈런을 치고, 앞문과 뒷문을 걸어 잠그는 것을 보며, '아 이 사람들도 야구를 할 줄 아는 선수들이었구나' 하고 생각한다. 지난 십수 년간 한화 이글스는 타 팀(팬)에게 두려운 존재가 아니었다. 아무리 잘 봐주어도 "재수 없이 가을철에 고춧가루나 뿌리는 팀" 정도였다. 다른 팀을 응원하는 사람들에게 한화는 이번 주중 3연전에 최소 2연승을 거둬야 할 상대였고, 선발투수가 최대한 이닝을 많이 소화해서 불펜투수들에게 휴식을 줘야 하는 그런 만만한 상대였다.

나는 그런 한화를 15년째 응원하고 있다. 그러나 내가 응원했던 첫 번째 프로야구팀은 한화가 아니었다. 내가 야구에 흥미를 느끼기 시작하던 2007년 나는 두산 베어스를 응원했다. 당시 초등학생이었던 나는 진한 네이비 색상의 유니폼에 노란 선이 들어갔던 두산 베어스의 유니폼이 멋있다고 생각했고, 이천에서 대중교통을 이용해서 야구 경기를 관람하기에 가장 용이한 구장이 바로 잠실야구장이었다. (잠실야구장은 향후 돔구장으로의 전환을 앞두고 있고, 이에 신설구장이 준공되기까지인 2027년 시즌부터 2031년까지는 두산과 LG의 홈구장이 서울올림픽 주경기장이 된다고 한다.)

아버지와 어머니는 그런 나를 위해서 야구를 관람하기 위하여 잠실야구장을 데려가기도 했다. 이천 마장면에서 용인버스터미널로, 용인버스터미널에서 남부터미널로, 남부터미널에서 지하철 2호선 순환노선을 거쳐 잠실야구장까지. 주 6일을 근무하던 시절의 노동자가 하필이면 야구를 좋아하는 아들로 인하여 귀중한 휴일 하루를 반납하고 먼 여정을 떠난 것이다.

나는 어린 시절, 야구를 좋아했던 것에 대해서 가끔 후회가 된다. 야구는 축구에 비해 돈이 많이 들기 때문이다. 야구 경기를 하기 위해서는 가장 기본적인 도구만 하여도, 야구공, 야구배트, 글러브가 필요하다. 나는 야구공과 야구배트, 글러브를 모두 가진 아이였는데, 운이 좋게도 야구배트나 글러브를 우리 집에 가져다주는 주변 어른들이 더러 있었기 때문이었다.

그러나 아버지가 생각하지 못했던 지점이 있었다. 두산 베어스를 응원하기 위해서 잠실야구장을 가니, 많은 관중들이 유니폼을 입고 있었던 것이었다. 잠실야구장 외야석 티켓값만을 예상했을 아버지와 어머니의 표정이 당시에는 보이지 않았다. 나는 그때 보지 못했던 부모의 표정을 대략적으로 느낀다. 대략적으로 느낀 표정은 철없던 시절의 후회로 남고, 되돌릴 수 없는 시간으로 남는다.

나는 이 흐릿하고 먹먹한 기억을 명확하게 하고 싶었다. 그래서 당사자들에게 물어보았다. 운이 좋게도 내가 과거의 사실을 물어보는 시점에 아버지와 어머니 모두 각각 다른 장소에 있었기 때문에, 두 명의 증언을 비교할 수 있었다.

먼저 아버지. 아버지는 당시의 기억을 생생하게 기억하고 있었다. 나에게 "용인터미널 다음 행선지는 고속터미널이 아니라, 남부터미널이다. 남부터미널 골목에서 밥을 먹었다."라고 사실을 바로잡아 주기도 했다. 이어서 당시 두산 베어스 유니폼 이야기를 꺼냈다. 나는 조심스럽게 "그때, 내가 유니폼을 많이 갖고 싶어 했었나?"라고 물었다. 아버지는 내게 "너는 무언가를 사달라고 떼쓴 기억이 없다. 장난감도 그렇고, 책도 그렇고… 그래서 미안했다. 그게 참 안쓰러워서 너의 엄마가 사줬을 것"이라고 말했다. 나는 공연히 괜한 질문을 했다고 생각했다.

아버지는 기억하지 못했지만, 나는 몇 번 떼를 쓰기도 하고, 조르기도 했던 기억이 있다. 그러나 십수 년이라는 시간이 흘러, 부모로서 힘겨운 시간은 퇴색되거나 희미해졌을 것이라고 생각한다. 망각은 애달픈 일이나, 한편으로는 다행이라고 생각했다.

한편, 어머니는 3만 5천 원이라는 유니폼 가격을 기억하고 있었다. 어머니 역시 아버지와 비슷한 내용으로 당시의 기억을 회상했다. "사 달라고 조른 것은 아닌데, 네가 입고 싶어 했다. 그래서 샀다." 20년 가까이 된 날에 구입했던 물건값을 기억하는 것은 나의 어머니가 특별하게 기억력이 뛰어나서가 아닐 것이다. 그래서 나는 구태여 당시 어려웠던 생활상을 묻지 않았다.

우리는 외야석에 앉아서 야구를 관람했다. 좌익수였던 50번 김현수의 뒷모습이 생각난다. 나는 김현수의 정면이 궁금했으나, 김현수는 성실한 좌익수로서의 역할을 다했다. 그날의 야구 경기는 난타전이 아닌, 투수전으로 비교적 지루하게 전개되었다. 우리는 9회 말까지 경기를 보지 못했다. 배차 시간 때문이었다. 나는 오는 길에 잠들었을 것이다. 나의 부모는 깨어 있었을 것이다.

중학교에 진학해서 나는 3년간의 어린이 베이스 생활을 청산하고, 중학교에 입학한 2010년을 기점으로 한화 이글스를 응원하기 시작했다. 중학교에 들어가고 나서는 애들을 패는 것이 일상이었던 선생들과 야만스러웠던 사립학교의 교풍에 전반적으로 적응하지 못했다. 분명 어울리던 친구들도 많았고, 즐거웠던 시간들도 있었으나, 지금은 다시 보고 싶은 사람도, 되돌아가고 싶은 순간은 없다. 당시에 성적은 바닥을 기고 있었다. 또한 가정적으로도 그랬다. 2000년대 후반 미국발 금융위기와 우리 집이 무슨 관계가 있겠으나 싶었지만, 관련이 있었다. 나는 그 시기 성적도, 환경도 모두 뚜렷한 우하향 곡선을 타고 있었다.

그래서 나는 직전 연도의 성적이 가장 모자랐던 한화를 응원하기 시작했다. 한화는 당시 2009년 프로야구 시즌에서 8개 팀 중에서 8위를 했다. 46승 3무 84패. 승률은 3할 4푼 정도였다. 10번을 게임해서 운 좋으면 4번, 운이 나쁘면 3번 이겼다는 이야기다. 당시 7위였던 LG 트윈스와도 8게임 이상 차이가 났다. 분명하고, 완전한 꼴찌였다. 나는 한화의 신세가 나랑 닮아 있는 점이 있다고 생각했다. 한화가 우승을 하는 날, 내 인생에도 우승컵을 들어 올릴 순간이 찾아올 것이라 믿었다. 한화를 응원하는 것은 나의 징크스였고, 내 인생이 고달픈 까닭은 "아직 한화가 승리를 하지 못했기 때문이겠거니" 하는 핑곗거리가 되었다.

한화는 내가 응원을 시작한 2010년에도 꼴찌를 했다. 2011년에는 8개 팀 중에서 공동 6위를 했고, 이후 2012년부터 2014년까지 3년간 연이어 꼴찌를 했다. 2018년, 한용덕 감독의 지휘로 반짝 3위를 했지만 그 이후로 6년간 꼴찌를 3번이나 더했다. 꼴찌를 하지 않은 해의 성적은 각각 9위, 9위, 8위였다.

한편 한화는 10개 구단 중에서 가장 영구결번을 많이 지정한 구단이기도 하다. 한화는 구단에 헌신한 선수들에 대한 예우가 각별했는데, 현재 장종훈, 송진우, 정민철, 김태균이 각각 영구결번으로 지정되어 있다. 그러나 나는 특별하게 스타플레이어를 좋아하지 않는다. 당장 떠오르는 한화 이글스의 선수를 말해 보라고 한다면, 추승우, 강동우, 박정진, 마정길, 김태완과 같이 어려운 시기 한화를 지탱해 주었던 선수들이 먼저 떠오른다.

나의 부모님도 동년배에 비해서 스타플레이어와 같은 삶을 살아오지는 못했다. 아버지와 어머니는 각각 사회생활을 하는 동안 한 포지션에서 전문적으로 뛰지도 않았다. 출전을 할 수만 있다면 포지션을 가리지 않았고, 전성기라고 불릴 만한 시기도 따로 없었다. 부상을 입어 시즌 아웃이 된 적도 있었다. 아버지는 정년에 은퇴를 했지만, 성대한 은퇴식 같은 것은 없었다. 어머니는 아버지의 교체선수로 뛰었지만, 교체선수로서의 자신의 한계를 뛰어넘었다. 어머니는 부당한 판단을 하는 심판과 다퉜고, 몸이 부서지라 슬라이딩을 하며 가족을 먹여 살렸다.

아버지와 어머니 모두 뜬공을 쳐도, 땅볼을 쳐도 1루를 향해 끊임없이 달렸고, 벤치에 돌아와 자식이 보는 앞에서 좌절하지 않았다. 흙투성이가 된 나의 가족을 떠올리니, 야구는 잠실과 한밭에만 있는 것이 아니라는 생각이 들었다. 남들과는 달리 제법 이른 나이에 세 번째 교체선수로 등판한 내가 비교적 담담하게 밥벌이를 할 수 있는 까닭도 나는 여기에 있다고 보았다.

내가 스무 살이 넘은 이후로는 야구를 한 적도, 열성적으로 야구를 본 기억도 흐릿하지만 아직 야구 소식을 찾아본다. 그리고 여전히 한화 이글스의 우승을 기다린다.

나와는 이렇듯 지난하고 갑갑한 인연을 가진 한화가 1위를 하고 있다. 로또를 사지 않아도 좋은 일이 생길 것 같은 한 해다.

2025. 5. 11.

나 살던 고향

나의 살던 고향은

꽃피는 산골

좆돼 부렀다[1]

정태춘, 〈나 살던 고향〉 중

    정태춘의 노래 〈나 살던 고향〉을 들어 보면 전주가 트로트풍의 연주로 시작되어 사뭇 들썩이는 곡조를 갖고 있다. 그러나 이러한 멜로디와 달리 노랫 말은 제법 서글프다. 노래의 가사는 시인 곽재구의 시 「유곡나루」를 옮겨 적은 것인데, 주된 내용은 후쿠오카에서 온 일본인 관광객들이 섬진강부터 시작되어 매춘 관광으로 끝나는 3박 4일간의 한국 여정을 그린 것이다.

---

1   정태춘의 〈나 살던 고향〉의 음반상으로는 '나니나니나'라고 적혀 있으나, 공연에서는 '좆돼 부렀다'라고 부른다. 가사를 바꾼 이유는 정확히 알려지지 않았다.

나는 가끔 이 노래를 기타를 치며 부르는데, 내 나이에 맞지 않는 노래라는 생각을 한다. 노래를 부를 때면, "육만 엥이란다 / 후꾸오카에서 비행기 타고"부터 시작되는 노래 초반에는 여느 경쾌한 노래처럼 음정을 상승시킨다. 그러고는 노래 마지막 소절에 가서 "칙사 대접받고 그저 아이스박스 가득가득 / 등살 푸른 섬진강 그 맑은 몸값이 / 육만 엥이란다"을 부르며 가사를 전달하는 호소력이 깊어진다.

그러다 마지막 "나의 살던 고향은 / 꽃피는 산골 / 좆돼 부렀다."를 읊조리고 나면 지나온 3분가량의 곡이 전부 무엇이었나 싶다. 나는 그러한 헛한 감정이 마음에 들어 젊어서 청승을 떤다. 헛한 감정을 느끼는 끝간에 가면 있지도 않은 고향 생각이 난다.

마찬가지로 곽재구의 시문을 가만히 들여다보면, 고향을 가지지 못한 사람도 느껴지는 슬픔이 보인다. 과거 내가 강원대학에서 정치외교학을 전공할 때, 학과장이었던 교수는 신입생들에게 자기소개서를 적어 오라고 했고 나는 나의 자기소개서를 적으며 한창 중언부언하다 고향이 없다고 적었다.

미국에서 박사 학위를 취득한 주임교수는 아래아 한글 파일로 제출된 나의 자기소개서에 메모 기능을 넣어 물음표를 잔뜩 표시하며, 고향이 없다는 것이 무슨 뜻인지 모르겠다고 적었다.

나는 성남에서 태어났고, 내가 다섯 살이 되던 해 이천으로 이주했다. 이천에서 10년을 살았지만, 한 집에서 3년 이상 살았던 적은 없었다. 내가 살았던 이천의 마장면은 13개의 법정리가 있었는데, 이 중 5개의 리에서 살았다. 이천에 사는 10년 동안 5번을 이사했다. 그래서 나는 자기소개를 하라는 학과장의 말에 고향이 없다는 소개를 적었다.

쫓기듯 이사를 강행했던 연유는 보증금과 월세 때문이었고, 집주인의 말이 관료와 나라님의 말보다 힘을 가지던 시절이었기 때문이다. 주택임대차보호법은 1981년 제정되고 공포되어 시행하였으나, 1981년 당시에는 8개 조문으로 이뤄진 아주 짧은 법률이었다. 현재는 27번의 개정 작업을 거쳐 가지조문을 제외(가지조문을 포함하면 42개)하고도 31개의 조문을 가진 과거와 비교해 촘촘한 체계를 가진 법률안이 되었다.

나라가 정한 주택임대차보호법에 보호를 받지 못했던 28년 동안 나는 12번의 이사를 했다. 나는 이사를 할 때마다 줄어 가는 방의 개수와 집의 전용면적에 집착했다. 안방에도 딸려 있던 화장실이 없어지고, 3개였던 방이 2개로 줄어드는 것이 익숙해질 때쯤, 고향이라는 관념은 내 기억에 더 이상 남아 있지 않았다.

내가 기억하는 마장면의 기억은 많지 않다. 그러나 몇 개의 장면은 때때로 나 스스로를 고향이 있는 사람이라고 착각하게 만들어 향우회에 가입하고자 하는 욕구마저 생기게 하는 아리송한 인력(引力)을 작용한다.

장면 #1

초등학교 수업을 마치면, 나는 늘 야구를 했다. 시골 동네의 작은 학교였기 때문에, 학년이 뒤섞여서 야구를 했다. 사람이 적으면 외야수를 줄였고, 사람이 많으면 2루수와 유격수 사이에도 사람을 두었다. 나는 주로 투수를 했는데, 내가 다니던 학교에는 언더핸드로 던지는 아이가 없었기 때문이었다.

그렇게 나는 수업이 끝나면 다려진 셔츠를 흙으로 범벅을 만들어 집으로 돌아갔다. 내가 학교에서 집에 돌아오면, 아버지가 집에 있었다. 아버지는 맨발로 현관까지 나와 나의 실내화 가방을 받아 주었다. 나는 사랑하는 사람이 있는 사내가 어떤 표정을 짓는지 그때 보았다.

장면 #2

어머니는 가난을 벗어나기 위해 낮에도, 밤에도 일을 했다. 동대문에 옷을 떼러 갔고, 아는 사람 하나 없는 동네의 식당 설

거지를 하러 갔다. 어머니는 등교하는 나를 보기 위해서 버스를 갈아타고 왔다. 그러나 아들의 얼굴은 3분도 보지 못했다. 어머니는 다시 일터로 갔다.

국가가 내게 투표권을 부여한 이후로 단 한 번도 보수정당에게 투표를 한 적은 없지만, 나는 보수적 가치인 가족주의를 지지한다. 이를 두고 가족의 해체가 자연스러운 시대에 구시대적이고 수구적인 가치를 주장하며, 시대에 뒤떨어진 탓이라 비난을 받아도 나는 가족주의적 가치를 버리지 않을 것이다. 내가 가족주의를 신봉하는 까닭은 유교적 사회에서 살며, 주자의 사상에 동화된 탓이 아니다.

1년에 365일이 화목한 가정은 아니었지만, 가족의 어려움은 가족의 힘으로 이겨 냈다. 나의 아버지와 어머니는 사회의 보통 사람들보다 힘이 약한 사람들이었으나, 어린 아들을 두고 먼저 무너지지 않았다. 내게는 이 사실이 맑스고, 홉스고, 마키아벨리다.

나는 어려서 한동안 고향을 잃어버린 도시빈민 흉내를 내며 살았던 적이 있었다. 정신이 성숙하지 못했던 시절이었는데, 이는 두고두고 나를 부끄럽게 한다. "가난은 부끄러운 것이 아니다"는 나의 강박으로부터 비롯한 일이었다. 그러나 이를 지켜보는 어미의 심정은 미처 고려하지 못했다.

　서른을 앞둔 지금은 고향을 찾지도, 고향의 부재를 마음 아파하지도 않는다. 나를 낳은 어머니가 살면서 처음 먹어 본 과일을 언제든 먹을 수 있고, 아버지가 더 이상 술과 수면제를 함께 먹으며 억지로 잠을 청하지 않게 되었기 때문이다.

　지정학적인 고향의 부재는 어찌할 수 없으나, 인간이 가진 정서로서 나의 고향은 늙은 사내의 웃음이고, 늙은 여인의 그리움이다. 나는 고향이 발전하여 이질감을 느끼지 않아도 된다. 늙은 사내의 웃음은 더욱 커졌고, 늙은 여인의 그리움은 여유로움이 되었기 때문이다. 자신의 고향이 발달한 모습을 보고 이질감이 아닌, 뿌듯함을 느낄 사람은 몇이나 될 것인가.

　나의 살던 고향은,
　동백꽃을 닮은 아비의 웃음
　소나기 같은 어미의 자유로움
　나니나니나

2024. 11. 1.

장기타령

날아든다 떠든다 오호(五湖)로 날아든다.

범려(范蠡)는 간곳 없고 백빈주(白蘋洲) 갈매기는

홍요안(紅蓼岸)으로 날아들고 한산사(寒山寺) 찬 바람에

객선(客船)이 두둥둥 에화 날아 지화자 에―

〈장기타령〉, 경기민요(경기잡가), 1절

　초등학교 방과 후 과외활동을 신청하라는 알림장에 나의 어머니는 민요반을 적었다. 개중에는 풍물반, 영어회화, RCY, 보이스카우트, 해양소년단 등이 있었다. 과외활동을 위해서는 달마다 기만 원을 학교에 납부해야 했고, 최소 3개월 이상의 값을 일시불로 지불해야 했다. 그런 탓에 집안 사정이 곤란하거나, 학원을 가는 아이들은 방과 후 활동을 하지 않았다. 그렇게 6교시가 끝나고, 선생님에게 청소 검사를 받은 아이들은 공터로 사

라지거나, 학원 버스로 사라졌다.

　나의 어머니가 아들의 과외활동으로 민요를 작성한 까닭은 지도교사에게 있었다. '발발이'라고 불렸던 지도교사는 정규 교사는 아니었으나, 개천에서 용을 기대하는 학부모들의 기대 심리를 잘 알고 있었다. 이름조차 들어 보지 못한 각종 대회에 아이들을 밀어 넣었고, 적어도 참가상이라도 받아 오게 했다. 나는 그러한 참가상을 몇 번 수상했는데, 그 덕에 초등학교 교문 현수막에는 내 이름이 여러 차례 올랐다. 학교에 아들의 이름이 쓰인 현수막을 본 나의 어머니는 자신의 자식을 영재라고 생각할 만했다.

　그녀는 촌지도 곧잘 받았는데, 나의 어머니는 거마비로 생각했을 것이다. 그러나 그 시절의 형편을 지금에서야 반추해 본다면, 어머니가 건넨 기만 원의 돈은 거마비가 아닌 전답을 팔아 자식에 기대하는 비용이라 할 것이다. 나는 그렇게 집안을 일으켜 세우기 바라는 어머니의 기대를 안고 민요반에 들어갔다. 보통의 경우에는 남학생은 풍물반, 여학생은 민요반에 들어갔다.

　민요반에 들어가 보니, 나처럼 어깨가 무거운 남학생 한 명을 제외한 전원이 여학생이었다. 나의 친구들은 풍물반의 검은색 단복보다, 원색이었던 민요반의 단복을 두고 나를 놀렸으나, 누님들은 나를 제법 귀여워하였기에 민요반이 싫지는 않았다. '발발이'는 주로 여학생들을 다그쳤고, 여학생은 꽹과리나 장구, 소고와 같이 박자를 맞추기 어려운 악기를 다뤘다. 초등학생인 내가 듣기에 고음이 매끄럽지 않은 것은 거기서 거기인데, '발발이'는 몇 명의 여학생들에게 언성을 높였다. 그러다 가끔 내가 딴청을 하면 "발발이"의 고함은 내게도 이어졌다. 그럴 때면, 민요반이 끝나고 엄마가 나를 데리러 오는 상상을 했다.

음악에 재능이 없는 나는 징을 쳤다. 무대에 서면, 소년의 상반신만 한 징을 들고 박자에 맞게 징을 쳤다. 박자감이 없는 내가 틀리면, 누님들은 깔깔대고 웃었다. 민요반의 주력곡(主力曲)은 〈장기타령〉이었는데, 경쾌한 멜로디를 기반으로 한 경기잡가는 어린아이들이 불러도 손색이 없는 곡이었다. 그러나 가사는 썩 그러지 못했는데, '발발이'는 우리에게 가사의 의미를 가르쳐 주지 않았다.

장기타령 1절의 첫 소절 "오호(五湖)로 날아든다"는 것은 범려가 관직을 버리고, 오호(五湖)에 배를 띄워 유랑했다는 이야기를 이르는데, 토사구팽당할 본인의 처지를 예측하여 자신이 가진 것을 모두 내던지는 모습을 묘사한 구절이다. 내가 민요반의 담당교사였다면, 이 구절을 초등학생들에게 어찌 설명할 것인가. 나 역시 '발발이'처럼 "범여"가 아니라 "범려"라며, 소리치는 것 이외에는 별다른 할 말이 없을 듯했다.

아이들은 범려를 몰라도, 살아가면서 한 번쯤 토사구팽을 겪게 될 것이다. 오호(五湖)로 날아들지는 못해도, 고시원으로 반지하로 옥탑방으로 숨어드는 순간을 마주하게 될 것이다. 장기타령의 첫 구절을 배우지 않아도, 온몸으로 장기타령을 부르게 되는 날이 올 것이다. 나는 '발발이'가 그러한 연유로 장기타령의 가사를 아이들에게 가르치지 않았다고 생각했다.

나는 어머니의 기대에 부응하지 못했고, 약관이 넘어서도 한동안 온몸으로 장기타령을 불렀다. 초등학교 시절 장래희망을 '경기도지사'라고 적어서 낸 적이 있다. 그 이후 20여 년간 어머니는 전화번호부에 나를 '울도지사'라고 저장해 놓았다. 차관급인 경기도지사와 나는 8단계의 직급 차이가 난다.

얼마 전 어머니와 드라이브에서 나는 장기타령을 불렀다. 제법 잘 불렀다. 어머니는 그 옛날의 민요를 어찌 기억하느냐 물었다. 서른을 앞둔 아들이 영재일 것이라는 기대를 아직 버리지 못한 듯했다. 나는 어머니와 드라이브를 떠나기 전에 스무 번도 넘게 연습했다는 사실을 말하지 않았다.

2024. 10. 29.

지오게서(GeoGuessr)와 아버지

지오게서(GeoGuessr)라는 게임이 있다. 지오게서는 구글맵스의 어느 특정한 장소를 보여 주고, 그곳이 어디인지 지도에 표기하여 알아맞히는 게임이다. 이 게임은 1년에 미화 40불가량을 지불하여야 하는 유료 게임인데, 나는 저임금 노동자임에도 불구하고, 지난 연말 스스로에게 주는 선물로 1년을 구독했다. 게임에 과금을 해 본 기억이 드문 지난 유년 시절을 회고하면, '늦게 배운 도둑질이 역시…' 하는 마음이 들었다.

시작은 전 세계를 배경으로 두고 시작했으나, 나는 호주의 들판과 러시아의 들판을 구분하지 못했고, 크메르어와 베트남어, 태국어와 라오어를 구분하지 못하여 낮은 점수를 획득했다. 나는 이내 배경을 대한민국으로 국한하여 게임을 즐겼다. 그러나 이 역시 그리 녹록지 않았다. 호남의 시골길과 논밭을 보고, 그곳의 정확한 위치를 알아맞히는 것은 간단한 일이 아니었다. 어쩌다 도시가 나와도, 깨알같이 작은 글씨로 적혀 있는 도로명주

소를 읽어 지도에서 찾아내는 것은 불가능에 가까웠다.[2]

　그러다 문득, 아버지가 생각났다. 아버지는 어머니와 결혼을 앞둔 시절부터 서울 진양상가에서 화환을 배달하는 일에 오랫동안 종사해 왔다. 화환을 배달하는 일은 그저 단순히 운전을 반복하는 손쉬운 일은 아니었다. 화환 1개의 무게는 대략 5~10kg가량 나가는데, 이를 봉고(아버지의 차량은 기아 베스타였다)에 4~5개를 욱여 싣고 전국 각지로 배송을 하는 일이었다. 그럼에도 불구하고 행여나 결혼식이나 장례식에 늦기라도 한다면, 그나마 수령하는 박한 임금에서 취소분을 제해야 했다. 아버지는 내게 이 과정을 단 한 번도 설명한 적은 없지만, 20대 후반의 아들은 이제 아버지가 어떻게 돈을 벌었는지 아는 나이가 되었다.

　안성에 온 이후 유독 나는 "아버지는 무슨 일을 하시냐"는 질문을 많이 받았다. 나는 그 질문에 "아버지는 하이닉스에서 근무하다 은퇴했다"라고 말하고 다니는데, 그래야 편하기 때문이다. 아버지는 진양상가에서 오랫동안 화환 배달을 하다, 결국 병을 얻었고, 하이닉스의 하청업체 소속 근로자로 길지 않은 기간 동안 근무를 하다 은퇴했다. 아버지가 저임금 노동자로 생업

2　검색하면 금방 나오는 것 아니냐 하는 의문을 가진 분들에게: 지오게서를 플레이하며, 검색을 하는 행위는 (명목상) 금지된다.

에 시달리다 결국 병을 얻었다는 설명은 말하는 사람도 괴롭고, 듣는 사람은 쉬이 의심한다. 그러나 나는 약간의 진실을 숨긴 대가로, 불편한 분위기를 만들지 않는 결과를 만들어 냈다.

그런 나의 아버지는 아내와 아들을 베스타에 태우고, 영남과 호남으로, 충청과 강원으로 각 지방에 화환을 배달하러 다녔다. 뒷자리에 실었던 화환을 고객에게 전달하여 이내 빈자리가 되면, 그 빈자리에 돗자리를 깔아 나와 엄마가 편히 누워서 갈 수 있게끔 만들었다. 한국전쟁 시기에 태어난 아버지는 여러모로 손재주가 있는 사내였다. 아버지는 내비게이션도 없는 시절에도 단위의 지도 하나로 의지하며 길을 잃지도 않고 가족을 먹여 살렸다.

나는 지오게서를 플레이하다 문득, '우리 아버지는 이 게임을 어지간한 버스기사나 택시기사보다 잘하시겠다.'라고 생각했다. 나는 이사가 마무리되면, 아버지와 함께 이 게임을 할 생각이다. 돈을 건 점수 내기도 해서, 즐거움도 찾을 생각이다.

2025. 2. 14.

아버지와 스테이플침[3]

　몇 해인지, 계절이 여름인지 겨울인지조차 정확히 기억나지 않는 어느 날이었다. 아버지는 여느 날처럼 산책을 다녀오시는 길이었다. 아버지는 한참을 주저하다 나의 방문을 열고 나의 책상 위에 스테이플침을 놓고 나갔다. 나는 스테이플침을 한참 들여다보았다. 당시 무엇인가 공부를 하고 있던 나에게, 연필도 공책도 아닌 스테이플침은 새삼 어설픈 물건이었다.

　아비에게 말 한마디, 한마디에 날이 서 있는 아들에게 나이 든 사내가 내밀었던 것은 가장 작은 단위의 스테이플침이었다. 아버지가 건넨 스테이플침은 화신공업(Whashin)에서 만든 것이었는데, 흔히 사무직들이 사용하는 피스코리아 문구사에서 만든 것보다, 비교적 저렴한 것이었다. 나는 아버지에게 별안간에 왜 스테이플

3　스테이플러를 비롯한 각종 문구를 제작·판매하고 있는 화신공업과, 피스코리아 문구사에서는 스테이플러의 심을 두고 각각 '스테이플침(화신공업)', '스테플침(피스코리아)'이라 이름 붙이고 있다.

침을 사 왔느냐고 물었고, 아버지는 네 공부에 필요한 물건인 듯하여 사 왔다고 답했다.

나의 아버지는 산책을 하다, 문득 문구점에 들어갔을 것이다. 그러다 책상 앞에서 뚜렷한 목표조차 없어 몇 년째 아무런 성과 없이 시간을 보내고 있는 아들놈이 떠올랐을 것이다. 아버지의 주머니 사정으로는 만년필과 옥스포드 노트와 같은 여러 그럴듯한 문구를 고를 수는 없었을 것이다. 문구점을 빈손으로 나올 수 없었던 노년의 사내는 어쩔 수 없이 스테이플침을 고르고, 주뼛 계산대에 내려놓았으리라.

나의 아버지가 스테이플침을 고르고 계산대에 내려놓은 것과, 그렇게 구입한 스테이플침을 아들의 책상에 내려놓은 것. 이 중 어느 것이 더 힘겨웠을 것인가는 알지 못한다.

이후 직장에서 나와 동료들이 작성한 누더기 같은 글들을 모아, 수많은 스테이플침을 삽입할 때에 나는 아버지를 생각하며, 힘없는 가장이 보였던 용기를 떠올린다. 아버지는 내게 스테이플침을 준 것이 아니라, 아비의 마음을 전했고, 사내의 용기를 전한 것이었다.

시간이 흘러 직장인이 된 나는 아버지에게 왜 그때 스테이플침을 사 왔느냐고 다시 물었으나, 아버지는 멋쩍게 웃었고, 대답하지 않았다.

2024. 8. 31.

일상의 어려움

그 중에 6·25 때 남편을 잃고 외딸 하나 데리고 살던 김 아무개 집사님의 찬송가 소리는 가슴이 미어지도록 애절했다. 새벽기도 시간이면 제일 늦게까지 남아서 부르던 〈고요한 바다로〉 찬송가는 그분의 전속곡이었다. 마지막 4절의 이 세상 고락간 주 뜻을 본받고 / 내 몸이 의지 없을 때 큰 믿음 줍소서 / 하면서 흐느끼던 모습은 보는 사람들을 숙연하게 했다. 가난한 사람의 행복은 이렇게 욕심 없는 기도를 할 수 있기 때문이다. 새벽기도가 끝나 모두 돌아가고 아침 햇살이 창문으로 들어와 비출 때, 교회 안을 살펴보면 군데군데 마룻바닥에 눈물자국이 얼룩져 있고 그 눈물은 모두가 얼어 있었다.

권정생, 『우리들의 하느님』, 녹색평론사, 23쪽

*사람이 풀과 나무, 새들과 물고기나 뛰어다니는 짐승들과 서로
이야기할 수 있다면 어떻게 될까? '돌아다니는 라디오'라 불리는
임실댁 아주머니는 하루종일 떠들어대며 다닐 테고, 욕심쟁이 고
약한 사람은 뭔가 노다지라도 얻고 싶어 수작을 부릴 테고, 거기
따르는 부작용도 엄청 많을 것이다.*

권정생, 『우리들의 하느님』, 녹색평론사, 220~221쪽

오늘 인구를 만났다. 가까운 동네에 살기 때문에 더 자주 만
나고 즐겁게 지낼 수 있으나, 그러지 못한다. 나의 게으름인 탓
이나, 인구는 늘 여유롭게 기다려 줬다. 내가 동네의 경계를 넘
어서 몇 번 찾아갔다는 이유로, 오늘 기어이 나의 동네로 찾아
왔다. 나는 미처 생각하지 못한 유심한 구석이 있다. 고마울 따
름이다. 내가 건강을 핑계로 백면서생 찬물이나 들이켜고 있을
때에도, 하지도 않았던 공부를 응원해 줬다. 더불어 나의 졸필
을 살펴 준 몇 안 되는 독자이기도 하다. 언제까지 내가 마냥 고
마울 수 있을까 하는 생각이 들기도 한다.

학창시절의 과오로 동창들을 만나기가 마냥 즐겁지 않은 지
점이 있었다. 더는 술자리가 즐겁지 않았다. 그즈음, 좋지 않은

몸 상태를 핑계 삼아 약속을 기약 없이 미루기 시작했고 시의적절하게 코로나19가 유행했다. 군 시절, 동기들과 선·후임들의 약속을 공수표로 난발한지라 어쩔 수 없이 자리한 것을 제외하면, 자의로써 기쁘게 만나는 사람들은 인구를 비롯한 몇몇뿐이다. 오늘도 별안간 메신저로 시답지 않은 이야기를 한참 나누다 만나기로 하였다. 날은 더웠지만 즐거웠다. 신경림 선생이 못난 놈들은 서로 얼굴만 봐도 흥겹다고 했던가. 과연 그렇다.

그러다 언젠가 인구는 내게 일상에 관한 글을 써 보라고 했다. 나는 곧장 답하지 못했는데, 일상은 어렵기 때문이다. 나는 일상을 다룰 만한 깜냥이 되지 못한다. 요즘 권정생 선생의 글을 하루 종일 들었다 놨다 하고 있는데, 일상이란 이런 것인가 싶다. 글을 쓰려거든 사람이 우선해야 하는데, 내게는 그것이 큰 산이고, 높은 벽이다. 나는 그런 탓에 재주가 없어 세상사를 논하는 것이다. 깊이가 얕은 자는 거대담론을 다룬다. 2012년의 박근혜가 그랬고, 2017년의 안희정이 그랬다. 나는 권정생 선생의 글을 보며, 그래도 일상을 쓰려고 한다. 하잘것없으나, 쓰려고 한다.

인구는 내게 나쓰메 소세키의 『마음』을 선물했다(빌려주는 것이니 나중에 안성으로 찾아가서 다시 갖고 가겠다는 놈의 말이 정겨웠다). 꼭 2년 전 겸주 형님에게서 불란서 소설을 선물

받은 이후 처음인 것 같다. 언젠가 일문학을 접하고 싶던 차에, 잘되었다. 이시카와 타쿠보쿠 이후의 한 계절 마음 기댈 일문학이 될 것이라 기대한다. 인구는 내가 보낸 김승옥의 소설과 김수영의 시를 성실히 읽었으나, 나는 게으르다. 소설을 읽는 버릇이 없어 가까운 날에 읽을 것이라는 보장은 없겠으나, 인구의 성의를 잊지 않아야 마땅하겠다.

제법 오래전부터 인구와 또 다른 친구 송가 놈을 함께 만나는 일이 잦았는데, 우리의 대화는 크게 별다를 것이 없다. 과거에 하지 않았던 일에 대해서 후회하는 것과 하지 말아야 할 일에 대하여 가슴 치는 것이다. 술과 안주는 매일 달라지건만 우리의 언어는 변하지 않는다. 나는 그 대목마다 언젠가는 우리도 각자의 민연함으로 멀어질 것이라는 불편한 주제를 꺼내 놓는다. 그러나 인구는 늘 솜씨 좋게 나를 안심시킨다. 생일은 근소하게 내가 빠르지만, 노상 형 노릇을 하는 녀석을 지켜보며 나는 조금이라도 더 배운 놈은 다르다고 생각한다.

언젠가는 전염병의 환난이 끝나고 인구와 송가 놈을 다시금 함께 만날 기회가 있을 것이다. 우리의 사정과 태도는 달라질 것이다. 그리고 사람을 생각하는 마음도 식을 것이다. 그러나 우리의 대화는 변하지 않기를 바란다. 나는 늘 헤어지고 흩어지는 것을 준비하지만, 오히려 그것이 더 성실하고 솔직한 친구로서 자리한다고 믿는다. 그렇게 된다면, 혹여나 노년이 되어 서로의 생사도 모르게 되는 시절이 와도, 별다른 미련 없이 유쾌한 과거만 떠오르며 바보 같은 웃음을 지을 수 있을 것 같다.

인간관계에 늘 앓는 소리를 내고 있지만, 몇 번의 부침은 내게 큰 복이었다. 지리한 부침 속에서 허풍을 쳐도 의심하지 않는 동료가 있는 현실은 복되다. 한 많은 세상 한 오백 년 쭉 이리 살았으면 좋겠다.

2021. 8. 11.

웨딩사진촬영

웨딩사진촬영이라는 말이 낯설게 들렸다. 사무실에 경력직으로 입사한 이(李) 정책지원관은 내년 4월 결혼을 앞두고 있다. 그녀의 결혼 소식과 그녀가 전하는 결혼에 이르는 과정은 사무실에 소리 없는 사물들도 제법 들뜨게 만들었다. 엄지손가락으로 누르는 스페이스바와 새끼손가락으로 누르는 시프트키 소리만 낼 줄 알았던 사람들이 있는 사무실은 어느새 가방순이들로 가득하게 되어 떠들썩했다.

지난 2년간 내가 겪었던 사무실의 구성원들도 떠들썩하고, 다양했다. 아들 이야기를 하는 젊은 엄마에게 일을 할 수 없으니 조용히 하라는 후배 주무관이 있었고, 시퍼런 칼날을 던지고 아무렇지도 않게 귀마개를 끼던 주무관이 있었다. 그 칼날을 던진 주무관에게 당하기만 해서 눈물을 훔쳤던 주무관이 있었다. 나는 이러한 풍경이 두려웠다. 나는 칼날을 맞기도 두렵고 울기는 더욱 두려워서 일로 도피했다. 일로 도피한 풍경에는 나와 비슷한 처지의 작자들이 한껏 피신해 있었다. 우리는 서로의 안부를 묻지 않았고, 연차와 병가 신청이라는 기안문으로 생사를 확인했다.

그러나 사무실을 의회의 끄트머리 독방으로 옮기고, 이 주무관이 차석 자리에 앉고 나서는 자리에서 일어날 만한 갈등이 가까스로 봉합되고 있다. 나는 이것이 그녀의 결혼 소식과 이를 전하는 사관(史官)의 역할을 하는 그녀의 언어와 깊이 결부되어 있다고 느낀다. 이미 결혼을 한 직원들은 유난이라는 말을 하지만, 그네들의 표정은 이미 독방의 정다운 분위기가 오랫동안 지속되었으면 하는 바람이 느껴진다. 나 역시 외부의 충격으로부터 단결된 조직이 아닌, 내부의 경사로부터 사기가 고양되기를 빈다.

그녀는 아주 오래전부터 웨딩사진촬영을 위해서 공을 들였다. 사무실은 5급 사무관 전문위원부터 9급 신규 주무관까지 그녀의 기대를 망치지 않고자 공을 들였다. 약탈과 흉작이 겹친 영토에서 개간을 해야 하는 사람들과 괭이질을 하다가 서로가 서로에게 공을 들이는 모습은 내게 생경하게 느껴져서 한동안 이를 감상하게 만들었다. 나는 그런 탓에 왜 그녀가 웨딩사진촬영에 공을 들이는지를 잠심할 수 있었다.

내가 겪은 많은 사람들은 "사진 찍히는 것을 싫어한다."라고 말한다. 나 역시 그렇다. 무방비 상태로 찍힌 사진은 남에게 내보인 나의 서늘한 표정을 그대로 보여 주기 때문이다. 나는 어쩌다 부자연스럽고, 인자하게 나온 사진을 나의 얼굴로 생각하며 산다. 그렇게 살아야 속이 편하다. 사진 찍히기를 두려워하는 것은 매년 날마다 거세지는데, 어제가 오늘보다 젊고, 내일은 오늘보다 나이 들기 때문이다. 나는 야근을 하거나, 회식을 하고 난 다음 날 아침 화장실에 거울을 보는 일이 두렵다. 거울에는 나와 자주 다투던 나이 든 사내가 서 있기 때문이다.

그러나 웨딩사진촬영은 사람을 무방비로 찍지 않는다. 그녀가 공을 들이는 만큼, 셔터를 누르는 사진사의 호흡은 신중했을 것이고, 촬영된 사진은 재빠르게 메모리에 저장되었을 것이다. 웨딩사진촬영은 셔터를 누르고, 메모리로 저장되는 것으로 끝나지 않는다. 필름을 현상하고, 인화하는 과정이 빠진 대신, 수천 장의 사진 파일 중 마흔 장으로 추리는 고된 노동을 하게 된다. 이는 분명 고된 노동이라 할 만하다. 그녀는 남겨 둘 마흔 번째 사진과 버려야 할 마흔한 번째 사진을 고르는 일에 어려움을 겪을 것이다. 그러나 이 노동은 고되지만, 고통스럽지는 않을 것이다.

한편, 나는 어쩔 수 없는 사내였기에 그녀가 생생하게 전해 준 웨딩사진촬영의 과정은 쉽사리 이해가 가지 않았다. 뭇 남성들이 이해가 가지 않는 현장에서 포즈를 취할 것이라 생각했다. 나는 한 사내가 한 여인을 사랑하는 일은 먹이를 사냥하거나, 채집해서 가족을 먹이는 일이 아닌, 사냥과 채집을 다녀온 이후에도 여인이 하는 이야기를 화로 앞에서 들어야 하는 것을 두고 말한다고 생각했다. 이것은 선사시대 유적에도 없고, 국정교과서에도 없지만 결국 인류가 전해 온 신비한 관습이라 느꼈다.

그녀는 4,500장의 사진을 촬영했다고 했다. 나는 지금껏 내가 나온 사진의 수가 4,500장에 이르지 못할 것이라고 생각했다. 나는 내가 하루에 꼬박 9시간 동안 자리한 10평짜리 작은 사무실의 치세가 오랫동안 지속되기를 바라, 웨딩사진촬영 그다음의 순서에 들뜰 사람들을 기다리고 있다.

이 글을 쓴 날에 우리 사무실 사람들과 회식을 했다. 돼지고기를 먹었고, 손에는 고기 비린내가 가시지 않았다. 나는 비누로 손을 두 번 닦고, 글을 썼다.

2024. 11. 12.

엘리베이터를 탄 그 남자는 어떻게 되었나

지난 7월, 공무원 공채 필기시험에 합격하고 안성으로 면접을 보러 갔다. 면접을 보기 전, 나는 양복을 새로 구입해야 했다. 갖고 있는 양복은 있었으나, 경조사용으로 마땅한 양복이었고 면접 복장으로는 적절치 않았다. 엄마는 기쁜 표정을 감추지 못했다. 큰돈을 쓰며 기뻐하는 엄마의 모습은 오랜만이었다. 불편한 구두와 양복을 갖춰 입고, 면접장에 들어가니 큰 건물에 나와 같은 신세인 사람들만 여럿 있었다. 부끄러운 기억이지만, 한 명이라도 면접을 보러 오지 않았으면 했다. 그러나 면접장 자리에는 사람이 가득했다.

인사팀의 공무원은 몇 가지 주의사항을 안내했고, 가급적 합격 발표를 서두르겠다는 친절한 당부를 덧붙였다. 나는 면접대기실에서 대략 1시간 정도를 기다렸다. 이후 번호와 이름이 호명되었고, 면접실로 들어갔다. 면접관은 모두 세 명이었다. 가장 왼쪽에 앉은 사람은 누가 보아도 9급 공채 출신의 사무관으로 보였고, 가운데 여성 면접관과 오른쪽 면접관은 외부기관(대학)에서 면접관으로 초빙된 사람으로 보였다. 여성 면접관은 능숙하게 면접을 진행했고, 오른쪽에 앉아 있는 면접관의 질문으로 면접이 시작되었다.

첫 질문은 자신의 생활에서 창의력을 발휘했던 기억이 있으면 말해 달라는 주문이었다. 지난 12년간 의무교육을 받으면서 창의력을 발휘하면 꾸중을 듣거나 매를 맞았던 기억뿐이다. 그러나 최종면접에서 질문하다 매를 맞았던 경험을 말할 수 없었다. 나는 별안간 고등학교 시절 썼던 논문이 떠올랐다. 운수노동자의 처우와 교육시설의 주변환경 개선에 대한 논문이었다. 당시 나는 3명의 선배들과 한 팀을 이뤘고, 우리 팀은 교내 학술제에서 대상을 수상했다. 역사는 짧지만, 1학년이 대상을 받은 것은 최초라고 했다.

나는 그 논문에 심혈을 기울였다. 논문의 서론, 본론, 결론에 나의 문구와 단어가 들어가지 않은 곳이 없었다. 중학교 시절부터 독서를 해 왔던 것을 집필하니 즐거웠다. 과거에 보았던 책들을 인용하며, 수십 권의 책을 쌓아 놓으니 학자가 된 기분도 들었다. 그러나 창의력 발휘의 경험을 묻는 면접장에서 그렇게 말할 수는 없었다. 사실 우리의 논문은 이른바 '실현 가능성'이 부족했다. 나는 그 실현 가능성을 위해서는 지역 정치와 결부시

킬 필요성이 있다고 주장했다. 나는 그 자리에서 곧장 당시 알고 지내던 이상철 용인시의회 의장에게 연락하여 인터뷰를 부탁했다.

이상철은 흔쾌히 나의 부탁을 들어주었고, 가까운 시일에 약속을 잡았다. 이상철은 새누리당 소속이지만, 당파를 떠나 민원 해결에 적극적인 정치인이었다. 나는 새누리당 시의원만을 인터뷰하는 것은 다소 편향적인 시선을 받을 것으로 염려했다. 나는 페이스북으로 연락을 주고받던 민주통합당 한상철 의원에게 연락했다. 한상철은 수지에서 당선된 의원이지만, 당에서 장애인위원장을 맡았고 복지와 환경에 많은 관심을 가진 정치인이었다. 우리는 그렇게 이상철 의원과 한상철 의원을 인터뷰할 수 있었고, 실제로 정무적인 판단으로 논문의 실현 가능성을 한 단계 높였다.

지금 나의 모교, 초당고등학교 앞 버스정류장을 가 보면 공공화장실이 설치되어 있다. 이것은 2013년 나와 선배 3명이 쓴 논문과, 교육청과 시정 당국에 보낸 공문, 그리고 시의원들을 만나 면담하여 이뤄 낸 작은 결과이다. 나는 이 경험을 면접관에게 이야기했다. 실현 가능성을 향상시키기 위해 정무적인 판단을 내리자는 창의적인 생각을 해냈다는 요지였다. 다행스럽게도 면접관은 나의 경험을 흥미롭게 생각했고, 꼬리 질문이 뒤따랐다. 대략 7~8분간 꼬리 질문이 뒤따랐고, 면접관은 잘 들었다는 말로 다음 질문을 이어 나갔다.

두 번째 질문은 가장 받고 싶지 않았던 질문이었다. 만일 부당한 지시를 받거나, 동료의 비위사실을 알게 된다면 어찌할 것인가. 나는 답을 알고 있다. 모범답안을 공부했고, 실제로 입 밖으로 내는 연습도 했다. "우선 정확한 원인 파악을 하고, 당사자에게 찾아가서 설득하겠다. 그럼에도 불구하고 소용이 없다면 상급자와 '상의'해 보겠다."는 적극적이면서도, 심기를 건드리지 않는 발언을 해야 했다. 그러나 나는 그 말을 반복하는 일에 실패했다. 나는 공직자로서 부당한 일이 있다면, 즉각 바로잡아야 하며 그것이 주인이신 시민들께 옳은 일이라는 격한 말을 쏟아내었다. 나는 환하게 웃으며 양복을 사러 갔던 엄마의 얼굴이 생각났다. 그러나 이미 물은 엎질러졌다. 나는 늘 물을 엎질렀다. 그럼에도 큰소리 한 번 치지 않았던 엄마가 머리에서 떠나가지 않았다.

면접관들은 떨떠름한 표정을 짓더니, 나에게 마지막으로 하고 싶은 말이 있느냐 물었다. 나는 가까스로 정신을 다잡고, 지금이라도 면접관들이 듣기 마땅한 소리를 해야겠다고 생각했다. 나는 준비했던 마지막 멘트를 하지 않았다. 나는 잠시 숨을 고르고 "앞으로 대한민국은 수도권 중심의 서울공화국에서 벗어나는 것으로 새로운 시대를 열 것이다. 안성은 새로운 행정수도인 세종과 충청, 그리고 기존 경제권력과 산업이 집중화된 서울을 잇는 가교 역할을 할 것이며, 도입 예정인 철도사업을 통해 무궁한 발전을 맞이하게 될 것이다. 안성 발전의 그 역사적인 순간에 나 역시 함께하고 싶다."라고 말했다.

　엄마에게 면접 마지막 말에 대한 짧은 소감을 전해 주니, 마치 출마 선언문 같다며 웃었다. 면접관이 어찌 보았을지는 모르겠으나, 나로서는 만족스러운 대답이었다. 평소 정치선거/지방자치제도에 관심을 두었던 덕택이었다. 면접을 마치고 엘리베이터를 탔다. 나는 엘리베이터 안에서 다른 면접자와 대화를 나눴다. 그는 면접을 망쳤다며, 나에게 공직 생활을 잘하라는 덕담을 해 주었다. 나는 짧은 한숨을 쉬었다. 나는 그에게 나 또한 틀린 것 같다고 살짝 웃었고, 함께 만났으면 좋겠다는 말을 했다.

　결과는 최종 합격이었다. 엄마는 나의 전화를 받고 소리 내 울었고, 나는 덤덤하게 임용식을 준비했다. 나는 안성1동으로 발령을 받았고, 나와 함께 안성1동으로 발령을 명받은 동료 주무관들과 함께 임용장을 수령했다. 임용식을 준비하며 서 있었던 나에게, 나와 함께 안성1동으로 발령을 받은 남성 주무관은 나에게 "엘리베이터"라고 작게 말했다. 그렇다. 엘리베이터에서 서로를 응원했던 면접자였다. 나는 흠칫 놀랐고, 그는 나의 운동화를 보고 웃었다. 나 또한 "구두가 불편해서요."라고 멋쩍게 웃었다.

나와 함께 엘리베이터를 타고, 함께 응원하고 함께 임용했던 정민웅 주무관은 나의 초임 공직생활의 큰 힘이다. 정민웅은 육군사관학교를 졸업하고, 장교로 군 복무를 하다 공직에 재임용했다. 그는 능숙하게 업무를 처리해 나갔고, 나의 곤란함을 미리 헤아려 바로잡아 주었다. 나와 함께 야근을 하며, 식사를 했고 그와 함께 먹는 저녁밥만큼 나의 편안함도 커졌다. 나는 벌써 그가 시청으로 발령을 받아 나의 곁을 떠나면 어찌해야 하나 고민을 하고 있다. 엘리베이터 안에서는 상상도 못 할 일이었다. 교육을 마치고 복귀가 가까운 것은 나의 슬픔이지만, 정민웅을 일터에서 다시 만나는 것은 큰 기쁨이다.

2021. 11. 9.

교도관의 도장

　동사무소에는 원하는 바를 이루지 못하고 헛걸음하는 사람이 많다. 특히 계약/재판/등기 등에 관련한 서류의 교부를 원하는 경우가 더욱 그렇다. 어떤 사람들은 민원대 앞에서 소리를 지르기도 하고, 서류를 박박 찢어 버리기도 한다. 분노한 그들의 요지는 "내가 당사자의 아들/딸/남편/부인/형/동생… 인데 왜 서류를 못 떼느냐"이다. 나는 그럴 때마다 "선생님처럼 가정이 화목한 분들도 계신 반면, 불행히도 그렇지 않은 사람들도 있다. 관에서는 그러한 소송의 여지를 미연에 방지하고자 한다."고 구구절절 사연을 호소한다. 대개 이 지점에 오면, 분하여도 돌아가지만, 옆자리 여성 주무관에게 기어이 한 소리를 하는 사람들이 있다.

　마감을 앞둔 17시 30분 즈음 계절에 맞지 않은 옷을 입고 온 중년의 여성이 있었다. 그 여성은 동생의 인감증명서가 필요하다고 했다. 그러나 위임장이 없었고, 동생의 도장 역시 구비하지 못했다. 나는 절차상 현재 인감증명서 발급은 어렵다고 했다. 나의 말을 들은 여인은 마치 예상이나 했다는 듯이 두툼한 서류 하나를 조심스럽게 내밀었다. 수원지방법원의 1심 판결문이었다. 판결문에는 여인의 동생이 뺑소니를 저질러 징역형에 처한다는 내용이 있었다. 여인은 판결문을 읽고 있던 나를 보며, 동생은 지금 평택구치소(정확히는 수원구치소의 평택지소)에 수감되어 있다고 했다. 그리고 예전에는 판결문을 제출하면 서류를 떼 줬다는 말을 덧붙였다.

나는 그녀가 얼마큼의 예전을 말하는지 헤아릴 수 없었다. 나는 주민등록과 인감등록의 지침이 담겨 있는 매뉴얼을 꺼내 살펴보았다. 600쪽에 달하는 교본답게 위임인이 구치소에 있는 경우 사례도 적혀 있었다. 매뉴얼에 따르면 위임인이 구치소에 있는 경우에는, 해당 구치소의 관인과 교도관의 직인이 찍혀 있는 위임장이 필요하다고 적혀 있었다. 나는 이 사실을 그 여인에게 전해 주었다. 그러나 그 여인은 예전에는 이렇지 않았다며, 정중히 항의했다. 나는 혹시 그 예전이 이곳 1동 사무소인지를 물었고, 그렇다면 담당한 공무원이 누구인가를 물었다. 여인은 답하지 않았다.

여인은 내게 동생이 판결로 합의금을 내야 하고, 이 때문에 주택을 처분해야 하며 인감증명서가 꼭 필요하다고 호소했다.

부모는 이미 세상을 떠났고, 동생은 장가를 가지 않았다고 했다. 그렇다. 여인의 말처럼 동생의 유일한 법정대리인은 누나인 이 여인뿐이다. 그러나 교부할 수 없는 서류를 발급할 만한 권한이 내게는 없었다. 나는 여인에게 소상한 절차를 알려 줬고, 여인은 이내 알았노라고 덤덤히 현실을 받아들였다.

며칠의 평일과 이틀의 주말이 지나고 나서, 역시 마감을 앞둔 17시 어간. 익숙한 여인이 내게로 왔다. 여인은 다른 민원인들보다 일찍 왔음에도 번호표를 뽑지 않았다. 동사무소 안내데스크의 직원이 번호표를 가져다주었으나 괜찮다는 말로 거절했다. 결국 그 여인은 여러 명의 민원인을 보내고 나서 내 앞에 섰다. 나는 "번호표 뽑으시면, 금방 처리할 텐데 왜 그러셨어요. 괜히 기다리셨네… 잘 다녀오셨어요?"라고 가볍게 인사를 했다. 여인은 "선생님이 친절하잖아요."라고 짧게 대답했다.

그녀는 정말 평택구치소의 관인과 교도관의 직인이 찍혀 있는 위임장을 받아 왔다. 나는 그녀의 노력이 가여워 순간 "인감은 전국에서 발급 가능합니다. 가신 김에 평택에서 하셔도 되는데, 동생분의 주소지인 여기까지 안 오셔도 됩니다."라고 말했다. 그녀는 몰랐던 모양이었다. 이번에는 동생의 초본도 함께 가져가야 한다고 했다. 그러나 동생의 초본을 떼는 일 역시, 인감과 같은 절차를 밟아야 했다. 그녀는 동사무소에 2번 방문하여, 2번 좌절했다.

그녀는 결국 초본을 발급받지 못하고 되돌아갔다. 나는 결국 민원대 칸막이 밖으로 나가서 그녀를 배웅했다. 나는 그녀에게 "부동산 거래에 필요한 서류가 법적으로 정해진 것이 아니라면, 서류 제출을 완화해 달라고 해 보시라."고 했다. 역시 하나 마나 한 말이었다. 그녀는 곰곰이 생각하더니, 무언가를 적었고 짧게 인사하고 동사무소를 떠났다. 여인은 다시 돌아오지 않았다. 도로교통법을 위반한 동생이 누나의 고통을 알았으면 한다. 누나가 일하지 못한 며칠의 품삯을 안타깝게 여기고, 누나의 짧은 한숨을 길게 기억했으면 한다. 그에게 이 모든 것이 벅찬 일이라면, 누나의 거친 손이라도 보았으면 한다.

2021. 11. 2.

현수동의 다리 저는 노인

　아침부터 복통이 심했다. 출근하기 전 온갖 방법을 동원했지만, 고통은 가라앉지 않았다. 그러나 민원인은 나의 복통을 기다려 주지 않았고, 한 노인이 서류를 교부받기 위해 내 앞에 자리했다. 그는 귀가 들리지 않았는지, 목소리가 크고 앙칼졌다. 노인은 내게 인감 3통을 달라고 했다. 노인은 내게 도장을 내밀었으나, 나는 인감증명서는 도장이 필요 없다고 했다. 나는 복통을 핑계로 노인의 말을 귀 기울여 듣지 않았다. 나는 인감 3통을 노인에게 건넸으나, 노인은 증명서와 도장이 맞지 않다고 했다.

　노인은 장애가 있는 다리를 끌고, 힘겹게 말을 꺼냈다. 장애를 갖고 관공서를 찾는 일은 큰 용기가 필요했을 것이다. 용기를 내기 위해서는 많은 세월을 지나야 했을 것이다. 많은 나이를 먹어야 했을 것이다. 그러나 나는 무심했다. 나는 그제야 노인의 인감 대장의 도장을 변경했고, 새롭게 인감증명서를 발급했다. 나는 노인이 떠난 직후 화장실로 달려갔다. 복통은 나아

지지 않았으나, 부끄러움이 생겨났다. 결국 나는 사고를 치고 말았다. 인감대장의 노인의 지문을 받는 일을 잊은 것이다. 주민등록 전산을 뒤져 노인의 휴대전화로 연락했으나 노인은 받지 않았다.

나는 노인의 주소를 확인했고, 퇴근 후 노인의 집을 찾아가고자 했다. 집에 노인이 있기를 바랐다. 나의 무심함에 사과하고, 나의 부족함에 사과하고자 했다. 나는 노인이 사는 현수동으로 갔다. 노인의 집은 화려하지 않았지만, 소박했고 밤에도 제법 운치가 있었다. 농번기는 지났기에 텃밭에는 별것이 없었으나 땅은 정돈된 상태였다.

다행히 집에는 불이 켜져 있었으나, 인기척이 없었다. 나는 소리를 질렀으나, 아무도 나오지 않았다. 단념하고 돌아가려고 하던 도중, 한 여인이 나왔다. 여인 역시 귀가 들리지 않은 것처럼 보였다. 목소리에 어려움이 녹아 있었고, 그의 힘겨운 표정이 상황을 대신 말해 주었다. 나는 바로 마스크를 내리고 입 모양으로 말하고자 했다. 공무원증을 내보이며, "안녕하세요. 저는 1동 직원입니다. 아까 어르신 다녀가셨는데 제가 무엇을 하나 놓쳐서요. 어르신 안에 계시나요?"라고 말했다. 여인은 활짝 웃으며 어서 들어오라고 했다.

노인은 좁은 거실에 전기장판을 깔고 누워 있었다. 내가 거실에 들어가자 노인은 자리에서 일어났고, 나는 노인에게 인사하며 나를 기억하느냐고 물었다. 노인은 고개를 끄덕였고, 나는 사실을 말했다. 제가 아침에 배가 아파서, 지문을 받는 것을 빼먹었다. 늦은 밤에 불쑥 찾아와서 죄송하고, 번거롭게 해드려 송구스럽다고 했다. 노인은 웃었고, 나도 웃었다. 노인은 내가 가져간 인주에 의심도 하지 않고 지장을 찍었다. 나는 노인이 다른 서류에도 사뭇 서명을 할까 걱정스러웠다.

　나는 늦었으니, 일찍 나가 보겠다고 했다. 노인과 여인은 문 앞까지 따라 나왔다. 나는 날이 추우니, 어서 들어가라고 했다. 덧붙여서 언제 한번 시장에 갈 적에 1동에 들러 달라고 말했고, 앞으로 최선을 다하겠노라고 말했다. 나는 노인과 여인의 정겨움이 미안했고, 나의 부끄러움을 감추고 싶었다. 그러나 노인은 환하게 웃었고, 나의 등을 두드려 주었다. 나는 부족한 사람들을 만나며, 내가 얼마나 부족한 사람인지를 깨닫는다. 스승이 많아 복된 하루였다.

2021. 11. 25.

눈과 말

눈은 길을 막았다. 책 속에 길이 있다는 말은 허상이었다. 길은 세상 밖에 나 있는 것이어서, 길에 막혀 버린 사람들은 즉각적으로 공무원을 탓했다. 재난을 대처하지 못해 안달이 난 민선시장은 퇴근시간 이후에 공무원들을 제설작업에 투입했다. 노조는 즉각적으로 반발했으나, 노조가 작성한 성명문의 문장은 다듬어지지 못했고 손쉬운 반론을 내주고 말았다. 군 복무를 강원도 화천에서 마쳤지만, 눈이 이토록 매섭게 내렸던 적은 없었다. 안성은 면적은 넓지만 사람이 적게 사는 동네다. 그러나 눈은 인구면적을 고려하여 지면에 착륙하는 것이 아니므로, 동네마다 출근하지 못한 사람들은 눈길 위에서 자신의 상사에게, 부하에게, 동료에게 전화를 돌렸다. 집과 직장이 가까운 나는 다만 출근하기 전 에어컨 실외기 위에 쌓인 눈을 털어내기만 했다.

지난주에 내린 눈 말고도, 나를 찾아온 소식이 또 있었다. 나의 군 동기인 엄민혁의 연락이었다. 엄민혁은 며칠 전, 국립대학병원의 면접을 앞두고 내게 조언을 구한다며 전화를 걸어 나를 곤란하게 만들었다. 나는 그가 던진 예상 질문에 더듬대며 겨우 답했고, "나라면 이렇게 답했을 것 같다."는 불민한 말을 덧붙여야 했다.

세상에는 자기감정에 솔직한 사람들이 있다. 자신이 상대방으로부터 어떤 지점에서 기분이 나빴는지 설명하는 노력을 피하지 않고, 자신이 받은 상처를 다시 받지 않으려는 노력을 하는 사람들이 있다. 엄민혁은 그런 사람이었다. 나와 엄민혁은 같은 날 입대하고, 같은 날에 전역한 '알동기'였다. 내가 인사과에 인사행정병으로 근무하는 동안, 그는 통신과의 야전가설병으로 복무했는데, 그와는 이등병 시절부터 사사건건 다퉜다.

엄민혁은 대구에서 태어나고 자랐고, 나는 경기도 밖을 벗어나 본 적이 없었는데, 그가 생각하기에 나의 말은 불필요한 이야기를 덧붙인다고 보았고, 내가 생각하기에 그의 언어는 과격하다고 느꼈다. 그는 내게 "왜 그렇게 말을 하느냐"고 따졌고, 나는 "별것도 아닌 걸로 지랄한다."고 맞섰다. 결국 상병이 되었을 때, 나와 엄민혁은 타협했다. 그즈음에 가니 나의 언어는 전보다 직설적인 형태가 되었고, 엄민혁의 언어는 좀 더 유순한 모습을 보였다.

상병이 되고 나서, 본부포대장은 내게 인사행정병의 권한으로 모범이 되어 표창할 만한 병사를 천거해 달라고 말했고, 나는 엄민혁을 추천했다. 한편, 그는 내가 또 다른 동기와 먹살잡이의 직전까지 도달하며, 온갖 욕설로 다투는 동안, 내내 나를 말렸고 결국 징계대상까지 오른 나를 끝내 변호했다. 절대 친해질 리가 없다고 생각했던 그와는 결국 사회에 나와서 연락하는 유일한 군 동기가 되었다.

나는 어릴 적부터 언어의 양태가 심히 부박하여, 늘 남들에게 큰코다치는 쪽이었다. 그는 그런 나를 두고 어떤 지점에서 나의 언어가 기분이 나빴는지 말하기를 거리낌없었다. 나는 한동안 그의 말을 들어 고민했다. 결국 나는 가지지 못한 것에 대한 방어기제로 비롯한 못난 언어들을 사용해 왔다고 느꼈다.

그러나 직장에 들어와서 나의 언어는 다시금 이등병 시절로 회귀하고 말았다. 입사 초 따뜻하고 배려를 갖춘 언어는 나의 일을 늘렸고, 노련한 선배들의 일을 대신 맡아서 하게 되었기 때문이었다. 일을 미루는 선배들은 결국 승승장구하여 초고속 승진을 했으나, 나는 결국 말을 경솔하게 하는 사람으로 남아 버리고 말았다. 차라리 아무런 말을 하지 않았으면 하는 대목들이 있다. 구태여 나의 기분을 언짢게 만들려고 노력하는 선배들에게 차라리 아무 말도 하지 않았다면 좋았을 텐데 하는 후회만 가득하다. 단 한마디의 공격도 허용하지 않겠다는 나의 언어는 결국 나 스스로를 갉아먹었다. 동료직원이 나를 두고 몰티즈(Maltese)와 같다고 하는 말도, 역시 헛짖음이 심한 견종이었기 때문일 것이라 생각한다.

강한 언어가 곧 강한 힘을 갖는 것은 아니다. 강하게 받아친다고 해서 모든 것을 막아 낼 수도 없는 일이다. 나는 이미 그로부터 깨달은 사실을 수많은 사람들과의 멱살잡이를 통해 다시금 깨닫고 있다. 나는 두려움이 많은 탓에 환하게 웃으며 염장을 지르는 사람들 앞에서는 침묵을 지키는 방법을 잊어버리게 되어 끝내 헛짖음을 해 버리고야 만다.

내려서 무릎까지 쌓인 눈은 시간이 흘러 녹겠으나, 내가 내뱉은 말들은 시간이 흘러도 녹아서 사라지지 않을 것이다.

엄민혁은 눈이 쌓여서 고립되었던 지난 금요일, 내게 국립대학병원의 2차 면접시험에 합격했다고 전했다. 나는 기뻐서 그에게 소리를 질렀다. 우리는 한참 동안 서로 밥을 사겠노라고 실랑이를 했다. 전화를 끊고 나서 생각해 보니, 남의 경사를 두고 기뻐한 일이 새삼 오랜만이었다.

그렇게 다시 베란다로 나가 길에 내리쌓인 눈을 보니, 세상에는 아무런 문제가 없었다. 결국 나의 시선의 종착지에는 혀끝에서 나온 마찰음과 헛바닥에서 나오는 파찰음이 비롯한 문제만 가득했다. 나는 내일 동료들과 뜨거운 국물이 나오는 음식을 먹으려 한다.

2024. 12. 1.

표창장

    인사이동 이후 내가 맡게 된 일이 생각보다 많았다. 각종 상급기관과 동종단체가 요구하는 자료들의 취합, 경기도 및 동부권 의장단 협의체 지원, 국민권익위원회의 청렴노력도 관련 시책 담당, 공무원 포상, 초과근무 및 휴가 등 공직자 복무담당, 행정기관 위촉 위원 및 위원회 관리, 각종 물품 구입과 정보공개 청구 처리. 그리고 행사에 따른 의전 지원. 다행스럽게도 대부분의 업무는 금방 손에 익었다.

    2년 반 동안 법제 검토 보고서만 작성하다, 행정 업무를 맡아 글을 쓰니, 길을 잃은 듯 지내고 있다. 나는 매번 길을 잃어버린다. 짧게 쓰는 것이 좋다는 조언을 자주 듣지만, 세상일이 어찌 A4 한 장으로 요약이 가능할 것인가. 나는 아직도 나의 글과 단어와 싸우고 있다. 그럼에도 불구하고, 인사이동 이후 언제나 따뜻한 동료들을 만나 새로운 일을 두려워하지 않게 되었다. 20대의 끝간을 바라보는 지금, 이것이 나의 마지막 복이라 여긴다.

그럼에도 불구하고 유독 손에 익지 않은 일이 있다. 표창장 발급 업무가 그렇다. 나는 표창 발급을 유관 업체에 초고를 보내 의뢰하면, 업체에서는 완성본을 보내 주고 나는 그것을 전달하는 것에 그칠 것이라 생각했다. 그러나 유관 업체는 액자와 표창 용지만을 보내 줄 뿐, 표창장을 '제작'하는 것은 나의 몫이었다. 제작이라는 명사가 낯설지만, 옳게 썼다고 생각한다. 이는 마치 가내수공업과 유사해서, 표창 용지에 맞는 문안을 작성해서 출력한 후, 액자에 끼워 넣는 일이었다.

 나는 손재주가 많은 줄 알았으나, 군을 제대하고 하루하루 무심해지던 동안 나의 손도 무뎌지고 말았다. 내가 표창 제작을 할 때면, 표창 한 점에 대략 10분이 소요된다. 이는 액자와 표창 용지가 정확히 맞아떨어지지 않기 때문인데, 이를 맞추는 이른바 '영점 조절'이 상당한 시간을 잡아먹는다.

 대충 삐뚤게 만들면, 2분이나 3분이면 족할 일이나, 그럴 수가 없다. 표창을 받기 위해서 각종 단체에서 보낸 공적조서를 가만히 읽고 있노라면, 당최 그럴 수가 없다. 아파트 단지에서 미화원으로 16년간 근무한 노동자에게 주는 표창을, 장애인복지시설에서 장애인의 보호자로 동시에 자원봉사자로 25년간 봉사한 사람에게 주는 표창을 삐뚤게 만드는 것은, 이웃을 대하는 도리를 저버리지 않고서야 버틸 수 없는 일이다.

누군가는 내가 엉성한 솜씨로 만든 표창을 보자기에 싸서 장롱 속에 귀하게 보관할 것이고, 누군가는 시골집에 자식들이 오기를 기다리며, 마루 들보에 걸어 놓을 수도 있을 일이다.

　나도 그랬다. 15년 전, 우리 집이 지하로 들어갈 때, 용인시의 회의장과 경기도지사 아무개에게 받은 표창 두 점을 내 품 안에 부여잡고 있었다. 이삿짐을 나르던 남성은 나의 짐을 나르다 가만히 나를 보더니, 조심스레 "걸어 줄까요?"라고 말했다.

　나는 대답하지 않고, 부여잡은 손을 풀어내었다. 남성은 내 품속에서 표창을 꺼내 보석을 다루듯이 조심스레 못을 박아 걸어 주었다. 대답이 없었던 내게 "이쪽이 괜찮으냐, 높이는 마음에 드느냐"고 물었다. 이사를 마친 남성은 나의 어머니가 건넨 이사 비용에서 얼마를 빼서 용돈이라며 내게 건넸다. 그것을 가만히 지켜본, 나의 어머니는 반지하를 탈출하기 위하여 가난과 홀로 싸웠다. 어머니는 가난과의 싸움에서 단 한순간조차 이겨보지는 못했지만, 단 한 번도 먼저 쓰러지지는 않았다.

　나는 왜 표창을 끌어안고 있었는가. 아마 열다섯 소년에게 가장 귀한 것이라 생각했을 것이다. 그러다 며칠 전, 나와 나이가 엇비슷한 여인에게 수여하는 표창 추천 공문이 올라왔다. 그녀는 장애 정도가 심한 선천적 장애를 앓고 있었고, 아주 어린 시절부터 시설에서 자라 왔으나, 시설 내 각종 프로그램에도 적극적으로 참여하여 타의 모범이 됨에 따라 장애인의 날을 기념해서 표창을 추천한다는 이유였다.

우리 직장의 표창 문안은 "귀하는 시민과 함께하는 의회 정신 구현과 지역사회 발전에 기여하였으므로 ○○○(각종 행사명)를 맞이하여 이에 표창합니다."로 성격이 서로 다른 행사일지라도 동일하게 작성하여 시상한다. 나는 표창 문안을 적고, 그 여인의 이름을 적다가 무슨 바람이 들었는지, 내 마음대로 표창 문안을 바꿔버렸다.

"귀하는 존재 자체로 존귀하고, 사랑을 전하며 끊임없는 도전 정신으로서 우리 사회와 인류가 앞으로 나아갈 길을 제시하여 귀감이 되었으므로 광주시민 모두의 마음을 담아 이에 표창합니다."

나는 이 한 문장을 적는 데 꼬박 하루가 걸렸다. 내게 글을 잘 쓴다는 사람들을 원망하고 부끄러운 졸필을 내내 탓하며, 겨우 적어 냈다. 나는 내가 괜한 짓을 한 것이 아닌가 두려웠다. 그런 탓에 나는 내가 제작한 표창을 수령하러 온 사회복지사에게 나의 잘못을 실토했다. 나는 "보통의 예와 달라 표창 문안을 제멋대로 작성하고 말았다. 한번 살펴보고 마땅치 않다면, 바로 원복해서 돌려놓겠다"라고 말했다.

그러나 다행스럽게도 사회복지사는 나의 주제넘은 행동을 고깝게 느끼지 않았고, 서로 감사함을 표하며 헤어졌다. 나는 표창을 받을 여인의 생김새도, 목소리도, 말투도 알지 못한다. 그녀가 이 표창을 받아 어느 곳에 둘 것인지도 알 수 없다. 다만, 나는 그녀도 한순간 부여잡고 있을 것이 생겼으면 하는 바람이었다.

2025. 4. 3.

쓰다

나는 어떻게 쓰는가?

나는 지방의회에서 근무했던 2년 6개월간, 글 쓰는 일로 밥을 빌어먹고 살았다. 전보 발령을 받은 곳 역시, 지방의회이니 앞으로도 글 쓰는 일이 나의 직업과 무관하지 않으리라 생각한다. 안성에서 근무하는 동안, 노동문학상을 수상하기도 했고, 의원들의 원고를 여러 차례 작성했다는 이유로 나는 "글 꽤나 쓰는 사람"이 되었다. 그러나 나는 학창 시절에도, 사회생활을 할 때에도 스스로가 글을 잘 쓴다는 생각을 해 본 적이 없다.

나는 그저, 먹고살기 위해서 썼다. 다만 출근해서 하루 종일 글을 쓰고도, 집으로 돌아와 다시 글을 쓰는 스스로를 보며, "내가 글을 쓰는 것을 좋아하는구나."라고 생각했을 뿐이다. 나는 즐거울 때에도, 괴로울 때에도 글을 썼다.

"나는 울고 싶은데, 신은 내게 쓰라고 명령한다."(바슬라프 니진스키; Vaslav Nijinsky)라는 말처럼 끊임없이 썼다. 그러나 글을 많이 쓴다고 해서 실력이 늘지는 않았다. 글은 정직한 것이어서, 하늘에서 내려 준 문장 같은 것은 없었다. 짧게 고민한 것은 비루했고, 오랫동안 고민한 것은 끝내 길을 잃었다.

그러다 문득, 나는 어떻게 쓰는가를 정리할 시점이 되었다고 생각했다. 이는 글쓰기를 두고 누군가를 가르치는 목적이 아니라, 앞으로도 글 쓰는 일이 직업이 될 사람으로서 내가 정말 어떻게 써 왔는가를 반추해 볼 필요가 있다고 생각했기 때문이다.

1. 주어와 서술어를 조응시킨다

말을 늘여서 길게 하거나, 문장을 만연체로 작성하는 경우, 주어와 서술어가 호응하지 않는 경우가 많다. 사람들과 대화를 할 때에는 "아니 그게 아니고…", "그리고 말이야…"와 같이 주어와 서술어를 뒤흔드는 순간을 목도하게 된다. 이는, 결국 말에 집중을 잃게 되고, 듣는 사람으로 하여금 집중력을 떨어뜨리게 만든다.

글도 마찬가지다. 나는 문장이 늘어진 글을 보면, "이 사람이 억지로 글을 쓰고 있구나." 하고 생각한다.

[1] "의회가, 의원이 견제와 감시라는 가장 기초적인 역할 수행 자체를 할 수 없게 하는 것으로, 시민들이 의회에 맡긴 책무를 배

반하는 것이며 또한 시민들이, 시민들의 주권을 짓밟는 중대한

잘못이기 때문입니다."

(제219회 안성시의회 정례회 시정질문 중)

　위의 문장을 보면, 주어와 서술어를 구분하기 어렵다. 문장 역시 만연체로 작성되어 문장의 형태를 파악하기도 어렵다. [1] 의 경우 문장에서 "시민들이 의회에 맡긴 책무를 배반"하는 것이 어떤 행동인지 알 수 없고, "시민들이, 시민들의 주권을 짓밟는 중대한 잘못"을 저지른 대상이 시민인지, 의회인지 혹은 집행부인지 파악하기 어렵다. 또한 "견제와 감시라는 가장 기초적인 역할 수행 자체를 할 수 없게" 하는 주체가 의회 스스로인지, 시장인지 맥락으로는 전혀 파악할 수 없다.

　[1]의 경우 주어와 서술어를 보다 명확히 작성했다면, 말의 진위를 보다 쉽게 파악할 수 있었을 것이다.

"의회가, 의원이 견제와 감시라는 가장 기초적인 역할 수행 자체

를 할 수 없게 하는 것으로, 시민들이 의회에 맡긴 책무를 배반하

는 것이며 또한 시민들이, 시민들의 주권을 짓밟는 중대한 잘못

이기 때문입니다."

→ *"의회가 가진 견제와 감시라는 기능을 제때 수행하지 못하게*
하는 것은, 곧 시민들의 주권을 짓밟는 중대한 잘못입니다."

주어와 서술어를 조응시키는 것은 글의 시작이다. 그럼에도 불구하고, 주어와 서술어를 조응하기 어려운 경우에는 그냥 문장을 짧게 쓰면 된다. 문장력과 문장의 길이는 무관하다는 것이 나의 생각이다. (국내에는 대표적으로 김훈, 국외에는 헤밍웨이 같은 작가들의 문장을 참고한다면 도움이 될 것이라 본다.)

2. 한 문단에 같은 단어를 2번 이상 사용하지 않는다

사람들은 나의 글을 두고 어려운 단어를 사용한다고 하지만, 내가 비교적 생소한 단어를 문장에 사용하는 데는 이유가 있다. 한 문단에 같은 단어를 여러 번 사용하게 되면, 읽는 사람으로 하여금 금방 피로감을 느끼게 하기 때문이다.

[2] "최근 언론에 정부 관련 부처와 평택시, 용인시 등이 평택에
위치한 송탄상수원 보호구역을 지정 45년 만에 해제하겠다는
협약을 체결했다는 내용을 골자로 한 보도가 쏟아졌습니다. 언
론에 공표된 내용을 보면 정부의 용인 국가산단 발표 이후 평택

시가 T/F팀을 구성하여 1년여간 대응 방안을 마련하고 전문가와 환경단체, 시민 등 각계각층의 여론을 수렴해 이를 바탕으로 상수원 보호구역 해제를 최종 결정했다고 합니다. 이 같은 결정으로 인해 송탄상수원 보호구역은 행정절차를 거쳐 내년 상반기에 해제된다고 합니다. 송탄상수원 보호구역 해제로 인하여 용인시는 그동안의 각종 규제가 완화돼 개발이 가속화됨은 물론 지역발전의 토대가 마련됐다고 생각됩니다."

(제223회 안성시의회 임시회 자유발언 중)

[2]의 경우 문장은 네 문장에 불과하지만, 비문도 섞이고, 같은 단어의 반복적 사용이 많은 것을 확인할 수 있다. 우선 첫 번째 문장은 비문이다.

"… 45년 만에 해제하겠다는 협약을 체결했다는 내용을 골자로 …"

→ "… 45년 만에 해제하겠다는 협약을 체결한 사실을 골자로 …"

[2]를 읽어 보면, "상수원 보호구역"이라는 단어가 4번 등장하고, "해제"라는 단어도 4번 등장한다. 그러나 글의 문맥을 살펴

보면, 이 단어를 구태여 반복적으로 사용할 필요성이 느껴지지는 않는다. 나아가 언론을 여러 차례 언급하여 보도 내용까지 옮기는 것은 글의 중심 내용보다 인용이 주가 되어 버리고 만다. 이는 차라리 문장을 짧게 줄이는 것이 읽거나, 듣는 사람에게 명확한 의미 전달을 할 수 있다.

"최근 언론에 정부 관련 부처와 평택시, 용인시 등이 평택에 위치한 송탄상수원 보호구역을 지정 45년 만에 해제하겠다는 협약을 체결했다는 내용을 골자로 한 보도가 쏟아졌습니다. 언론에 공표된 내용을 보면 정부의 용인 국가산단 발표 이후 평택시가 T/F팀을 구성하여 1년여간 대응 방안을 마련하고 전문가와 환경단체, 시민 등 각계각층의 여론을 수렴해 이를 바탕으로 상수원 보호구역 해제를 최종 결정했다고 합니다. 이 같은 결정으로 인해 송탄상수원 보호구역은 행정절차를 거쳐 내년 상반기에 해제된다고 합니다. 송탄상수원 보호구역 해제로 인하여 용인시는 그동안의 각종 규제가 완화돼 개발이 가속화됨은 물론 지역 발전의 토대가 마련됐다고 생각됩니다."

→ "최근 언론 보도에 따르면, 정부와 평택시, 용인시는 송탄상수원의 보호구역 지정을 해제하기 위한 협약을 체결했다고

알려졌습니다. 이로써 평택과 용인의 경우 내년 상반기에는 각종 규제가 완화되며, 이에 따른 지역발전의 토대가 마련될 것입니다."

문장에 같은 단어를 반복하지 않는 일은 어렵지 않다. 네이버 국어사전에 단어를 검색하면, 각종 유의어를 손쉽게 확인할 수 있다. 이는 문장을 작성하는 일에 있어 큰 도움이 된다.

3. 꾸미는 말을 줄인다

나는 글에 속담이나, 사자성어를 인용하는 것을 미덥지 못하게 여긴다. 문장에 자신의 말을 하지 못하는 사람들이, 속담이나 고사성어를 적어 문맥을 숨기려고 하는 것이다.

[3] "진정한 재정 효율성을 위한 노력은 오늘의 건전재정이 아닌 내일을 사는 우리 아이들에 대한 복지요, 교육이요, 먹고 사는 문제가 될 것입니다. (...) 같은 마음으로 미래를 향해 나아가자는 동심만리의 마음가짐으로 가장 험난한 길도 두려워하지 않고 더 좋은 안성, 더 나은 안성을 위해서 우리 모두 함께합시다."

(제227회 안성시이회 인시회 자유발언 중)

[3]의 경우 의원의 요청에 따라 내가 초고를 작성하여, 전달한 원고다. 그러나 밑줄 부분은 다른 팀의 담당자가 최종적으로 원고를 손보는 과정에서 제멋대로 덧붙인 글이다. 나는 과거 최서원(최순실)이 박근혜 대통령의 연설문을 고치는 것을 두고 "뭐 그리 대수일까."하고 생각한 적이 있었다. 그러나 이러한 수정본을 받아 들고 나니, 최서원이 선고받은 징역 18년에 연설문 수정에 대한 죗값도 반드시 포함되어야 한다는 생각을 했다.

애당초 [3]의 경우 밑줄을 제외한 본문에서 확인할 수 있듯, 건전재정을 고수하는 지방당국에게 태도의 전환을 촉구하는 내용이다. 그러나 생뚱맞게 "같은 마음으로 미래를 향해 나아가자"는 마치 예쁜 쓰레기와 같은 글이 첨가되었다.

지방당국은 건전재정을 외치고, 의회는 복지재정을 말하고 있는데, "동심만리로 가장 험난한 길도 두려워하지 않고 함께 하자."는 말은 모두에 했던 주장을 전부 유치하게 만들어 버렸다.

어제(21일)는 안성에서의 마지막 출근일이었다. 나는 더 이상 직장에서 안성의 글을 쓰는 일이 없을 것이다. 그러나 안성에서 읽고 쓴 글들은 어디를 가도 활용할 수 있을 것이다.

마지막 송환영식에서 과장은 "떠나는 사람은 빼고, '잘하자'라고 건배하자."라고 말했다. 나는 그 이야기를 듣고 "이만 일어나겠다."고 말하고, 회식 자리를 나왔다. 떠나는 마지막까지 성질머리를 고치지 못한 나의 모습이 답답했다.

문장도, 나의 삶도 고칠 대목이 많다.

2025. 2. 22.

민석이의 글쓰기

나는 글쓰기에는 선천적인 재주가 있다고 믿는다. 나 같은 경우에는 선천적인 재능이 없는 쪽이었다. 이 생각은 글을 써서 밥벌이를 하는 지금도 변함이 없다. 물론 직장에서나, 혹은 어디에서나 나의 글재주를 칭찬하면 "예, 글 좀 씁니다." 하고 넉살 좋은 행세를 하지만, 나 스스로가 생각하기에 나의 글은 지루하다. 그리고 너절하다.

나는 글쓰기가 선천적인 재주라는 사실을 일찍 깨달았다. 내가 다니던 초등학교에는 학생들이 이용할 수 있는 홈페이지가 있었다. 거기에 아이들은 지금은 유행이 지난 사진이나 이야기를 올리곤 했는데, 그중 소설을 적어 올리는 아이가 둘 있었다. 둘 중 한 명이 나였고, 다른 한 명은 '민석'이라는 녀석이었다,

나는 당시 『로빈슨 크루소』나, 『파리대왕』, 『15소년 표류기』와 같은 소설을 즐겨 읽었기 때문에 같은 반 아이들이 무인도에 갇힌다면 어떤 일이 일어날 것인가와 같은 공상소설을 적어 올렸

다. 나는 아이들의 실명을 직접 소설에 등장시켰고, 댓글에는 이번 화에 자신의 분량이 적으니, 주요한 인물로 등장시켜 달라는 아이들의 청탁이 이어졌다.

반면, 민석이는 나와 달리 공상소설을 쓰지 않았다. 특별한 주제는 없었지만, 굳이 이제 와서 분류하자면 순수문학에 가까웠다. 민석이는 『삼국지』에 등장하는 고사나 인물들을 인용하기도 했고, 민들레나 담쟁이와 같은 자연물에 대한 묘사도 당최 초등학생스럽지 않은 문장을 구사했다. 나는 그러한 민석이의 글에 큰 벽을 느꼈고, 글쓰기는 타고난 재주라는 사실을 알게 되었다. 그리고 불행하지만 나는 그러한 재주가 없다는 사실도 함께 깨달았다.

민석이의 소설에는 아이들의 댓글이 달리지 않았다. 나 역시 민석이의 글에 댓글을 달지 않았다. 나의 글보다 질적으로 뛰어난 민석이의 글을 인정하고 싶지 않았던 5학년 1반 박요한의 틀려먹은 심보 때문이었다. 나 역시 초등학교 시절 『삼국지』를 골백번 넘게 읽었고, 수학이나 과학에도 모두 높은 성적을 받았는데 나는 어째서 저런 문장을 쓰지 못하는가 하는 좌절이 있었다.

끝내 민석이의 소설은 완결이 나지 않았다. 민석이가 소설을 끝마치지 못한 이유는 알 수 없다. 아이들의 반응이 시원치 않아서였는지, 혹은 글쓰기에 흥미를 잃었는지는 여전히 내가 알 수 없는 영역이다. 그러나 나는 민석이의 글을 가장 기다리던 충실한 독자였다. 그 어떠한 댓글도 달지 않았고, 그 어떠한 피드백도 하지 않았지만 나는 민석이의 글을 기다렸다. 민석이의 문장을 갖고 싶었고, 민석이가 사유하는 세상을 나도 보고 싶었다.

나는 그러한 탓에 읽고 쓰는 일에 약간의 콤플렉스가 생겼고, 남들보다 잘 쓰는 사람이 되고 싶었다. 내가 읽고 쓰는 것에 비교적 치열한 사람이 된 탓의 팔 할은 민석이에게 있다고 본다.

어느 날 아버지는 나를 크게 나무랐다. 내가 왜 혼났는지는 기억에 없지만, 혼나고 나서의 일은 마치 어제 일처럼 생생하다. 아버지는 내게 집을 나가라고 소리쳤고, 나는 그길로 알았다며, 집을 나갔다. 나는 민석이의 집으로 향했다. 우리 집에서 민석이의 집은 도보로 2.7km였다. 성인 남성이 걷는다면, 40분가량이 걸리겠으나 당시 초등학생의 보폭으로는 1시간이 넘는 거리였다.

민석이의 집으로 가는 길에는 빵 공장이 하나 있었는데, 그 빵 공장에는 카스텔라나 식빵의 자투리 부분을 천 원에 팔았다. 나는 호주머니에 있던 천 원을 빵을 사는 데 모두 썼다. 성인 한 주먹만큼의 빵을 받아 들고 나는 민석이의 집에 가는 길목 바위에 앉아서 빵을 먹었다. 나는 울면서 빵을 먹었는데, 더운 여름날 목이 막혀 뻑뻑했던 목구멍의 감각이 기억난다.

나는 빵 공장에서 조금 더 걸어 민석이의 집에 들어갔다. 민석이의 어머니는 나를 반기지 않았다. 나는 그런 민석이의 어머니에게 민석이와 놀러 왔다고 했다. 민석이의 어머니는 나를 반기지 않았지만, 눈물 자국이 있는 나를 문전박대하지도 않았다. 나는 민석이와 둘이서 야구를 했다. 열여덟 명이 필요한 야구를 둘이서 하니 그리 재미있지는 않았고, 끝내 내가 받아친 공을 찾지 못하자 야구경기를 끝내고 금방 집으로 들어왔다.

나는 소파에 앉아 문득 민석이에게 "너는 글을 어떻게 쓰느냐"고 물었다. 민석이는 조잡한 게임기를 만지느라 대꾸하지 않았다. 나는 비결을 말해 주지 않은 민석이를 비겁하다고 생각했다. 그러다 민석이의 어머니는 나와 민석이를 위해 밥을 차려 주었다. 나는 빵을 먹은 탓에 배가 고프지는 않았지만, 가출을 한 상태니 앞으로 또 먹지 못할 수도 있다는 생각에 밥을 많이 먹었다.

식사를 마치고, 민석이 어머니는 "부모님이 걱정하시겠다."라며 나를 물리쳤다. 나는 괜찮다는 말로 맞섰으나, 민석이도 이제 공부해야 한다는 말에 물러날 수밖에 없었다. 민석이는 나를 현관까지도 배웅하지 못했고, 제 방으로 들어갔다.

이후에 민석이와 인연은 오래가지 못했다. 나와 민석이는 서로 다른 중학교에 진학했고, 그 이후로는 서로 단 한 번의 연락도 주고받지 못했다. 민석이가 축산계열의 특성화고등학교에 진학했다는 소식만 전해 들었다. 그런 탓에 지금도 민석이가 글을 쓰고 있는지는 알 수 없다.

나는 초등학교를 졸업한 지 15년이 지나고 나서야 민석이의 가정사에 대해서 알게 되었다. 그러나 나는 민석이의 가정사가 민석이의 글쓰기 재능에 영향을 미쳤다고 생각하지는 않는다. 가정사와는 관계없이 민석이는 그저 잘 쓰는 아이였고, 15년이 흐른 지금도 나는 민석이의 글을 기다린다는 사실은 변함이 없기 때문이다.

2025. 5. 6.

어느 조사

전쟁이 반복되고 갈수록 폭력이 난무하자, 치열한 경쟁에서 살아남기 위해서는 국가권력을 극대화해야 한다는 압력이 거세졌다. 이런 현실은 전통적인 의례를 올바로 준수하는 것이 인간사회의 질서와 지상의 번영을 보장하는 관건이라는 오래된 신념을 무색케 했다. (...) 공자는 귀족이 반드시 세습되는 것이라고 믿지 않았다. 오히려 출신이 미천해도 심성이 곧은 젊은이라면 적절한 교육을 통해 군자가 될 수 있다는 게 그의 생각이었다.

윌리엄 맥닐 저, 김우영 역, 『세계의 역사 1』, 이산, 183~185쪽

공자께서 말씀하셨다. "만일 왕도정치를 행하는 사람이 있다 하더라도 반드시 한 세대 뒤에야 풍속이 인(仁)해질 것이다."

공자 저, 김형찬 역, 『논어』, 홍익출판사, 146쪽

젊은 노동자가 사고로 죽었다는 뉴스가 가까운 일인데, 마땅히 살아갈 수 있었던 노동자가 또 죽었다. 그 노동자는 국내 최고의 대학에서 일하던 청소노동자였다. 모두가 아는 바와 같이 청소노동자의 고충은 어제와 오늘의 이야기가 아니다. 나의 외조모는 용인의 모 대학에서 수년간 청소노동자로 일을 했다. 어린 시절의 나는 가끔 할머니가 일을 하는 대학에 놀러 가서 대학생들이 얼마나 쓰레기통을 찾지 못하는지를 확인했다. 나는 청소노동자들의 휴게공간에도 갈 수 있었는데 그곳은 여름에는 무더웠고, 겨울에는 한기를 피하기 어려웠다. 꼭 외조모뻘인 동료노동자들은 나를 자신의 손자처럼 대해 주며 먹을 것을 주었다. 할머니와 할머니의 동료들이 더운 날 땀을 흘리는 동안 나는 뒷교정에서 할머니를 기다리며 철없이 밤을 줍고 놀았다.

나의 외조모를 비롯한 청소노동자들은 더러운 것을 깨끗하게 만드는 귀한 존재들이나 이 사회는 그들을 더러운 것을 만지는 사람들로 대우했다. 그들은 눈에 보이지 않아야 했다. 쉬는 것조차 계단 밑, 화장실과 같은 가려진 장소였다. 봄에 피는 꽃과 가을에 만개하는 은행나무를 보지 못하는 것은 당연하며, 이십 대 청춘들이 깔깔거리는 모습도 흐뭇하게 바라보지 못하고 오직 발밑의 쓰레기만을 바라보야만 했다. 그 누구도 법으로, 규칙으로 정해 놓지는 않았으나, 무언의 불문법을 어기면 어김없이 계약해지를 통보받아야 했을 것이다.

대학의 학생처장을 겸하는 어느 교수는 자신의 페이스북 계정에 짧지 않은 조사를 올렸다. 그는 서두에 짧은 애도를 올렸다. 미국 유학을 가 박사학위를 취득한 그의 이력만큼이나 고귀한 애도였을 것이라 생각한다. 그는 글의 말미에 "언론과 정치권과 노조의 눈치만 봐야 한다는 사실에 한 명의 서울대 구성원으로서 모욕감을 느낍니다."라고 적었다. 역시 배운 사람들은 모욕감을 느끼는 지점도 비범하다. 2년 만에 같은 대학에서 같은 일을 하는 노동자가 사망한 것은 당연히 일어날 법한 일이 아니다. 한 명의 서울대 구성원으로서 모욕감을 느껴야 하는 대목은 남들이 기피하는 노동을 하는 사람들의 수고를 업신여기고는, 학생들에게는 직업의 귀천을 운운했을 그네들의 교수법이 아니었을까 싶다.

대학 사무처에서는 "지금 단계에서는 사과하는 것이 불필요하다."며 유족에게 사과를 거부했다. 역시 소를 잃고 외양간을 고치는 데에는 도가 튼지라, 이를 가르치는 최고의 교육기관에서는 모범답안대로 한 것이라 본다. 기득권과 싸웠던 세대가 기득권이 되었고, 독재와 싸웠던 세대가 민주주의를 이끌어 냈으나 이들의 오늘은 너무나도 너절하다. 약자에 대한 배려가 불공평이 된 작금의 시대를 탓할 마음은 없다. 모두 그네들의 노력에 따른 결과이다. 사회의 노력하는 대다수 노동자들의 노고를 폄하하는 천박한 양태를 하루아침에 바로잡을 수 없다는 것을 우리 모두는 안다. 그저 다음 세대를 생각하며 십분 가슴만 칠 노릇이다.

끝으로 을들의 전쟁은 끝나지 않을 형편으로 보인다. '청소노동자의 휴게장소가 생각보다 괜찮네', '결국 노조의 선동이네'와 같은 높으신 양반네들 듣기 마땅한 소리만 들린다. 그러나 죽은 자는 말이 없다. 나는 아무개의 갑질에 대해 원인을 두고 규명하기도 어렵고, 갑질이 실재했는지도 확신할 수 없는 일이라 생각한다. 또한 이를 명백히 밝힌다 한들 오늘날의 노동의 가치를 하루아침에 바꿀 수 있을 것이라고 생각하지 않는다. 다만 어느 청소노동자의 죽음 이후, 우리 사회의 언어와 그의 죽음을 대하는 태도가 과연 정상이라고 할 수 있겠는가. 나는 알 길이 없다. 이는 세월호 선장이 감옥에 가도 대한민국에서 세월호와 같은 참사가 끊이지 않는 것과 일맥상통한다고 본다.

2021. 7. 15.

어느 조사 2

따라서 공적 권위에 도움을 요청하는 사람들은 강자가 아니라 약자이다. 갈등을 사회화하고자 하는 사람들, 즉 힘의 균형이 변할 때까지 더욱 더 많은 사람을 갈등에 끌어들이고자 하는 사람은 약자이다. 학교 교정에서 "선생님에게 고자질하는" 사람은 골목대장이 아니라 힘없는 작은 소년이다.

샤츠 슈나이더 저, 현재호·박수형 역, 『절반의 인민주권』,

후마니타스, 89쪽

변명하지 말고 미안하다고 해라. 한 놈만 미안하다고 해라.

김동수(국민훈장 동백장 수훈자), 2015.12.14.

세월호 특조위 1차 청문회에서

7월 1일 낮에 비무장지대로 수색작전을 나갔던 제22보병사단의 소속 병사 한 명이 열사병에 시달렸고, 8일 끝내 숨졌다. 병사는 2001년생으로 우리 나이로 꼭 스물한 살이었다. 열사병이라는 것은 기저질환이 있던 환자가 본디 챙겨 먹던 약을 잊어서, 혹은 전문의가 오진을 했기 때문에 발병하는 것이 아니다. 충분한 휴식을 하지 못했기 때문에 또는 고온의 환경에서 무리를 했기에 발생하는 것이다. 그렇게 자신이 희생을 감수했던 조직으로부터 충분한 보호를 받지 못한 스물한 살의 일등병은 결국 세상을 떠나고 말았다.

내가 강원도 화천에서 복무하던 여름날, 우리 부대는 개편을 끝내 부대 평가를 앞두고 '훈련 준비 훈련'을 실시했다. (많은 부대에서 훈련 준비 훈련을 실시한다. 훈련은 실전을 준비하기 위함인데, 그 준비를 준비한다는 점에서 군은 기대를 저버리지 않는 전시행정과 비효율성을 자랑하는 집단이라 말할 만하다.) 숨을 쉬면 더운 공기가 입안에 가득했고, 걸어 다니기만 해도 군장을 멘 등과 어깨에는 땀이 흥건했다. 하지만 걷기에는 나의 계급이 부족했고, 훈련 간 뜀박질을 주저하지 않았어야 했다. 그날의 더위를 반추하자면 정말 이러다 죽겠다 싶었다.

다행스럽게도 나는 죽지 않았고, 브레히트의 『살아남은 자의 슬픔』과 같이 부끄러움만을 느끼고 있다. 그러나 불행히도 군의 많은 간부들은 자신이 군 생활을 하는 동안 더워서 죽은 사람을 목도한 일이 없었다는 경험을 근거로 많은 병사들을 사지에 내 몰고 있는 실정이다. 금번의 불의의 사건도 그러한 안일한 인식의 연장선에 있었을 것이다. 수많은 보고와 전시행정에 병사들은 목적 없이 지쳤을 것이다.

어느 국방기자가 쓴 기사에서 예비역 장교들의 말을 인용했다. '한 예비역 장교는 "온도변화에 대한 전파는 장병 모두가 숙지할 정도로 잘 이뤄지고 있다"면서 "다만, 최전방에서는 임무 수행 중 무거운 방탄복을 착용하기 때문에 이로 인한 열 피로가 열사병으로 이어졌을 가능성이 크다"고 말했다.' 이 말이 얼마나 허망한지 우리는 평생을 학습해 간다. 97년 전 국가적 금융위기는 국고에 외화가 부족해서 발생한 일이고, 세월호 사건은 선박 내 고박 부실로 물리법칙을 위배해 일어난 사건이라는 말처럼 결국 일어날 일이 일어났다는 말이다.

이 사건을 계기로 각 군 참모총장은 열사병에 대한 당부를 행정 인트라넷으로 전달할 것이며, 일선 부대에서는 점호 간 그것을 대독하는 것으로 교육을 마칠 것이다. 그렇게 끝날 것이다. 당분간 군대에서 열사병은 없을 것이다. 열사병을 근절하라는 사성장군의 지침대로 열사병 환자는 두통 환자가 될 것이고, 열사병 환자는 미열의 본디 기저질환을 보유한 환자가 될 것이다.

그래서 더욱 허망하다. 하사 이상의 부사관과 소위 이상의 장교들이 해야 마땅한 수많은 일을 징집된 병사가 하고 있음에도, 계급에 함몰되어 시력을 잃은 수많은 졸장들이 즐비하여 허망하고 헛되다.

국방부 장관을 비롯한 군 수뇌부는 최근 많은 사과를 해서인지, 더 이상의 사과를 하기는 민망한 사정 탓인지, 혹은 병사가 임무수행을 하다 사망한 일에는 사과를 하지 않는 것이 관례인 것인지. 더는 잘못을 빌고 있지 않다. 군은 이 문제를 군 내 문제의 갈등이라고도 보지 않는 듯하다. 샤츠 슈나이더는 모두에서 인용한 『절반의 인민주권』에서 "정치를 독점하려는 모든 시도는 갈등의 범위를 제한하려는 시도라고 해도 과언이 아니다."라고 적었다. 군의 존재 이유로 하여금 국민에게 회의감을 갖게 하는 이러한 양태는 설사 국가 위기가 온다고 한들 군에게 신뢰를 쉽사리 담보할 수 있겠는가 하는 우려를 동반하게 한다.

군에서는 많은 사건이 일어나고, 많은 피해자들이 도움을 요청한다. 그러나 공적 권위에 도움을 요청하는 수많은 약자들은 외면당하고, 보호받지 못하고 있다. 아무리 갈등을 수면 위로 드러내 사회화하여도 눈 하나 깜작이지 않는다. 그러는 와중에 군 당국은 스물한 살의 일등병 병사에게 상등병으로 추서하는 하해와 같은 은혜를 베풀어 주었다. 오늘날과 같이 나의 예비역 병장 신분이 부끄러웠던 순간이 없었다. 그럼에도 불구하고 더욱 불행한 것은 앞으로도 얼마나 작금과 같은 지점이 있겠는가 하는 것이다.

　이제 조사(弔詞)는 그만 쓰려 한다.

2021. 7. 21.

아들의 인감증명서

이번 주는 내내 비가 내렸다. 시간을 구분 짓지 않고 내리는 소나기는 제법 거셌다. 사람들은 비가 내려도 관공서를 찾았다. 많은 이가 비를 피하며 관공서를 찾았다. 방문하는 사람들은 기분이 좋지 않아 보였다. 무더위에도 서로 떨어져 있지 않는 어느 남녀를 제외하고는 모든 사람들의 표정은 사뭇 무거웠다. 금요일에는 날씨에 관계없이 찾아오는 사람들이 많았다. 모텔방과 착각하는 어린 커플들이 오고, 고아들도 오고, 말벗이 없는 노인들도 온다. 그리고 농사꾼도 오고, 사기꾼과 부동산업자 들도 온다. 칼을 달라고 난동을 부렸던 사람도, 어제의 일이 아닌 전생의 일인 것처럼 다시금 와서 서류를 뗀다.

점심을 기다리는 즈음, 급작스럽게 내리는 폭우 속에서 비를 피하지 못한 중년의 여자가 번호표를 뽑고 내게 왔다. 그 여인은 아들의 인감증명서가 필요하다고 했다. 나는 직계가족이라도 자신이 아닌 사람의 인감증명서를 뽑기 위해서는 위임장이 필요하다고 말했다. 그 말을 들은 여인은 표정이 굳어졌다. 그녀는 지금 아들이 중환자실에서 의식이 없다고 말했다. 공무원 시험을 준비하며 공부했던 과목의 금치산자, 성년후견인제도가 떠올랐으나, 의식이 없는 자식을 위해서 관공서를 찾은 어미에게 헛소리를 할 수는 없는 노릇이었다.

나는 결국 선배에게 방법을 물었고, 선배는 청년의 어머니에게 위임장 없이는 인감이 발급이 어렵고, 성년후견인 제도를 이용해야 한다고 했으나 법원 판결까지는 꽤 많은 시간이 소요된다고 말해 주었다. 그 말을 들은 여인은 그만 눈물을 터뜨렸다. 그 여인은 긴급의료비 지원을 받기 위해서 시청과 은행 그리고 마지막으로 여기 동사무소까지 방문했던 것이었으나, 결국 헛걸음이 된 것에 대해 자책하며 눈물을 흘렸다. 나는 아무것도 할 수 없었으나, 청년의 어머니에게 마음의 평안이라도 주고 싶었다.

나는 자리를 옮겨 여인의 서류를 다시 천천히 살펴보았다. 내가 본다고 달라질 것은 없겠으나, 마음의 짐을 나눠 지고 싶었다. 여인의 말을 들어 보니, 긴급의료비 지원을 받기 위해서 시청을 찾았으나, 시청에서는 은행에서 아들의 계좌 출입금 내역을 제출하라고 했고, 은행에서는 출입금 내역을 알기 위해서는 동사무소에서 인감증명서를 제출하라고 했다. 아들의 병원비를 구하기 위해 빗속에서 동분서주했을 여인의 사정을 생각하니, 나는 그만 눈앞이 캄캄해졌고, 어쩔 수 없는 말단의 신세가 부끄러웠다.

나는 당장 인감증명서는 뗄 수 없겠지만, 제출해야 하는 서류가 달라진다면 방법이 있을 것이라고 말했다. 나는 여인과 통화를 한 시청과 은행의 담당자의 전화번호를 받았고, 나의 개인 전화번호를 알려 주며 최선을 다하겠다고 했다. 그리고 어머니가 약해지시면 아들이 힘을 받을 수 없고, 마음을 굳게 먹어야 아들도 능히 일어날 수 있을 것이라는 하나 마나 한 이야기를 덧붙였다. 결국 그 어머니는 600원짜리 인감증명서를 뽑지 못하고 돌아갔다. 그녀가 땅에 떨어트린 천 원짜리는 속도가 느렸고, 어머니가 떨어뜨린 눈물은 가볍지 않았다.

그 여인이 자신의 아들에게로 다시 돌아가고, 나는 은행과 시청에 전화를 했다. 은행에서도, 시청에서도 방법은 있었다. 다행히 시청의 선배는 나의 민원을 가볍게 듣지 않았고, 여인에게 따로 전화를 하여 방법을 일러 준 모양이었다. 다시 여인에게 전화를 하니, 시청에서 따로 연락을 받았으며 어느 정도 해결이 될 수 있을 것 같다고 내게 감사 인사를 전했다. 나는 아들의 쾌차를 빌며 전화를 마쳤고, 그녀의 말끝 목소리가 떨렸다. 그사이 아들이 있는 대학병원에 도착을 한 모양이었다.

의식이 없는 청년의 나이는 나와 엇비슷하였고, 여인의 나이는 나의 모친과 비슷해 보였다. 아들이 중환자실에 있건만, 자식의 손을 잡아 주지 못하고 의료비를 구하러 다녀야 하는 여인의 심정을 생각하니 가슴이 답답하여 견딜 수가 없었다. 나는 잠시 민원대를 비우고, 자리를 떠났으나 아무도 탓하는 사람이 없었다. 나와 식사를 함께하는 선배는 비 오는 날에는 국물 있는 음식을 먹어야 한다고 했다. 나는 시장에서 국물을 먹으며, 갑갑한 마음을 달랬다. 그러다 문득 그 여인도 오늘 국물이 있는 음식을 먹었으면 좋겠다는 생각을 했다.

의식이 없는 아들이 별안간 병상에서 일어나 자신의 어미에게 밥투정을 하고, 어미는 아들을 위해 콩나물국을 끓여 주었으면 좋겠다. 그리고선 한 오 년쯤 지나서, "아들 그때 생각나? 빗속에 엄마가 얼마나 여기저기 다녔는데…"라고 말하면, "그때 고생 많았어요. 엄마"라고 대답했으면 한다. 여인과 청년은 그런 평범함 속에서 나를 포함하여 모든 무정한 사회적인 절차를 잊기를 바랄 뿐이다.

2021. 8. 28.

부동산과 가난

초임 발령을 받았던, 안성1동사무소에서 근무를 하며 알게 된 친구가 있다. 그 친구는 나와 마찬가지로 사회 초년생이었고, 이제 막 초등학교 교사로 부임을 한 터였다. 며칠 전 늦은 나이에 군 입대를 앞둔 친구와 석별의 정을 나누기 위하여 저녁 식사 자리를 가졌다. 나는 예비역 병장으로서 군 생활의 조언을 한답시고 여러 이야기를 나누며 지난 시간을 반추했다.

그 친구는 재직 중이던 학교를 휴직하고 군 복무를 하는 동안 부동산에 관하여 공부를 할 계획이라고 말했다. 공무원의 근로소득으로는 가정을 꾸리는 것에 대해 분명한 한계가 있고, 향후 자녀의 교육계획이나 주거 문제를 위해서는 부동산 투자를 통하여 불로소득을 향상시켜야 할 필요가 있다는 말이었다.

배려심 깊은 친구가 내게 전해 주는 본인의 계획에 대해서 나는 지금까지 좋았던 분위기를 무시하고 날 선 반응을 쏟아 냈다. "주택은 투자의 대상이 아니라, 주거의 목적이어야 한다."로부터 시작하여 "부동산으로 돈을 벌면 벌수록 가난한 사람들은 자기 집 한 평 갖지 못하고, 지방은 더욱 몰락할 것이다"라는 이른바 MBTI 중 'T'라고 불리기 좋은, 공감 능력이 떨어지는 말들을 마구 쏟아 냈다. 그럼에도 불구하고 그 친구는 본인이 생각하지 못한 지점이었다며, 좀 더 자세히 말해 달라고 이야기했다.

그러나 문제의 본질은 부동산 문제가 아니다. 사회의 전반적인 빈곤과 가난의 문제이다. 2014년 2월 송파구 반지하에 세를 들어 살던 세 모녀 일가족이 생활고로 인하여 자살로 생을 마감한 사건이 있었다. 그들은 사회복지 제도 전반에 대해서 자세히 알지 못했고, 결국 사회복지 혜택을 받지 못해 빈곤한 삶을 지속해야만 했다.

송파 세 모녀 사건 이후 정부 당국은 국내의 온갖 행정관, 교수, 박사들을 모아다가 대책을 마련하고, 복지 사각지대를 막기 위한 새로운 방안을 제시했다. 그러나 종국에는 지방자치단체에서 근무하는 일선의 사회복지직 공무원들에게 책임을 전가할 뿐이었다. 사회보장제도에 대한 몰이해는 결국 2022년 수원 세 모녀 사망 사건으로 이어졌다. 수원에서 거주하던 세 모녀 역시 생활고로 인하여 스스로 목숨을 끊었고, 이 과정에서 사회보장 제도는 작동하지 않았다.

반면, 보건복지부의 예산은 전년도 대비 13조 1,949억 원,

12.1%가 증가했다. 13조라는 돈은 전국의 기초생활수급자 245만 1,458명에게 기존에 받는 생계급여 등 복지급여를 제외하고도 1달에 약 45만 원, 1년에 약 540만 원을 현금으로 지급할 수 있을 만큼의 돈이다. 그러나 당국은 건전재정을 이유로, 현금성 복지를 지양하라는 말을 반복하고 있을 뿐이다.

현금성 복지를 지양하라는 당국의 말은 참으로 날이 서 있다. 대한민국의 정치권력이 동에서 서로, 좌에서 우로 수없이 바뀌어도 복지를 대하는 태도는 변함이 없다. 당국은 건전재정을 이유로 말하고 있으나, 경제난이 심각한 작금에 사회국가 (Sozialstaat)로서의 역할을 고려한다면, 건전재정의 당위성은 현격히 떨어진다고 할 것이다. 건전재정만을 목적으로 현금성 복지를 지양하라는 오랜 국가시책을 목도하노라면, 당국은 송파 세 모녀, 수원 세 모녀 사건을 마치 다른 나라 국민의 일처럼 대하는 듯하다.

정책의 목적이 없는 건전재정은 맹목적이고, 복지가 빠진 정책 목적은 공허하다. 저소득층의 빈곤 문제를 해결할 수만 있다면, 국가는 증세를 해서라도, 빚을 내서라도 정책을 강구하여야하는 것이지, 그저 현금성 복지를 문제 삼는 것은 어리석은 일이라 할 것이다. 그러나 우리 사회는 빈곤 문제를 그저 집 나간 골칫덩어리 막내아들 정도로 취급하고, 사회의 주요한 어젠다로 생각하고 있지 않다.

세상에 가난을 원하는 사람은 없다. 현금을 지급하면, 적절하지 않은 곳(음주, 도박 등)에 사용한다는 몇몇 극단적인 사례를 반대 근거로 삼아 온갖 바우처와 쿠폰으로 지급하는 현재의 복지는 결국 저소득층을 최소한의 복지 제도 틀 안에 가둬 두겠다는 것으로밖에 설명하지 못한다. 그마저도 저소득층은 쿠폰과 바우처를 받기 위하여 스스로의 가난을 증명하여야 하고, 혹 소득 기준이 넘칠까 전전긍긍할 수밖에 없다.

가난한 부모와 함께할 권리, 인간의 존엄성을 지키며 살아갈 권리를 외면하면서 복지 국가를 외치는 일은 앞뒤가 맞지 않은 말이다. 노인들이 밤마다 폐지를 줍고, 아이들이 여관방을 전전하는 것, 이처럼 빈곤을 방치하는 것이 문명국가에서 부끄러운 일이 아니라면, 도대체 무엇이 부끄러운 일이란 말인가?

나는 반도체와 철도가 안성에 거주하는 고소득자의 격차를 해소할 수 있지만, 평범한 안성시민의 빈부격차를 해소하리라 생각하지 않는다. 우리는 당면한 과제에 더욱 집중해야 할 것이다. 건전재정이라는 목적에 매몰되어 정부의 존재 이유를 망각하기 쉬운 거대담론이 아닌, 우리 이웃의 빈곤문제를 해결해야 한다.

군 입대를 앞둔 친구와의 식사 자리에서 이러한 이야기를 한

참 동안 나누었고, 나는 군 입대를 앞둔 친구에게 도대체 무슨 말을 한 것인가 이내 후회하고 말았다. 그러나 그는 인상 깊은 대화였다고 오히려 나를 달래 주었다. 그는 한 명의 훌륭한 친구였고, 한 명의 훌륭한 선생이었다.

그렇게 친구와 나는 각자의 지점에서 각자의 인상을 받았다. 그는 이제 이등병으로, 한 명의 시민으로, 국민의 의무를 다하기 위하여 군에 입대할 것이다. 나는 그가 국방의 의무를 다하는 동안 국가도 사회국가로서의 의무를 지켜, 그가 전역할 시점에는 우리나라가 복지국가라 부르기에 부끄럽지 않은 나라가 되어 있었으면 하는 바람이다.

2024. 5. 15.

1월과 2월

 변씨 성을 쓰는 23세 여학생이 사망신고를 하러 왔다. 사망자는 본인의 아버지였다. 사망 장소는 기타란에 표기하였고, 괄호 안에는 사료창고라고 적었다. 병원에서 발급한 시체검안서에 사망원인은 '목맴'이라고 적혀 있었다. 여학생은 아버지의 한자 이름을 적는 일을 버거워했고, 나는 그녀가 받아 적기 쉽도록 포스트잇에 큼지막하게 한자를 적어서 건네주었다. 학생은 씩씩하게 사망신고를 마쳤고, 벌벌 떨거나 울지 않고 동사무소 문밖을 나갔다. 나는 무연한 표정을 지은 학생을 똑바로 볼 수 없었다.

2022. 2. 13.

밥벌이를 한다는 유세

나는 종종 옛 친구들의 소식이 궁금하다. 그러다 별안간 회사에서 가입하라고 강제한 인스타그램 계정 덕택에 어찌들 지내는지 확인할 수 있었다. 스물일곱이라는 나이에 걸맞게 잘 살고 있었다. 많은 종류의 허영이 있었다. 나와 같이 가방끈이 짧은 이들은 지적 허영을, 깊은 인간관계를 맺지 못하는 이들은 우정에 대한 허영을, 자신의 손으로 돈 한 푼 벌지 못한 이들은 물질적인 허영이 가득했다.

나는 그러다 문득 중학교 시절 공부를 잘하던 친구의 근황을 보았다. 그 친구는 관내에 제법 괜찮은 고등학교에 진학했는데, 성적이 마뜩지 못했는지 내가 초시에 입학한 학교의 분교를 졸업하고, 석사 과정을 밟고 있었다. 그 친구는 나와 마찬가지로 블로그를 하고 있었는데, 참으로 읽기에 곤란한 글들이 잔뜩 있었다. 나는 그 친구가 적은 유쾌한 글들을 보면서, 친구의 마음에 가득한 헛헛함을 보았다.

그 친구 역시, 나와 같이 답답했을 것이다. 그래서 적었을 것이다. 그러나 점잖은 글은 팔리지 않았을 것이고, 그래서 요즘 팔리는 글을 적었을 것이다. 그럼에도 불구하고 그 친구가 인용한 여러 책들의 문구를 보며, '이 친구는 점잖은 글을 쓰고 싶은데 자신의 체면 때문에 일기를 쓰고 있구나.'라고 생각했다. 잘 읽히지 않는 글이어서 더욱 그랬다.

나 역시 글에는 재주가 없다. 중고등학교 시절, 성의 없이 낸 글로 여러 번 상을 받고, 군대 시절 내가 대필해 준 것으로 상을 받아 전문하사를 단기하사로 전환시키고, 직장에서도 노조에서도 글 쓰는 일을 전담하고 있으나, 그것은 나의 재주가 아니다. 다행히 내가 있던 집단에 글을 멀리하는 사람들이 가득했기 때문이다. 그러다 보니, 나의 작문은 나날이 퇴보한다.

나는 육군 병장으로 제대하고, 몇 개월간 날백수로 공부를 하며 나의 장래에 대해 많은 고민을 했다. 나는 책을 읽고 글을 쓰는 것이 내 삶의 고상함이고, 고귀함이라 생각해 왔다. 그것이 선비의, 지식인의 도리이라 생각했다. 그러나 군에 제대하자마자 자신의 아버지를 따라 탑차를 모는 동생과, 명문 대학을 다니면서도 호구지책을 위해 상하차 아르바이트를 하는 동생을 보며 나의 오만을 보았다.

안성에 직장을 구하고, 만난 사회의 친구들 역시 마찬가지였다. 3년 전 동사무소에 근무할 당시 민원을 보며, 우연히 친구가 된 초등학교 교원인 김태훈 선생도 마찬가지였다. 그 친구는 참으로 겸손한 모습을 보이는데, 누구보다 공부를 많이 했을 김태훈 선생은 나와의 대화에서도 "처음 들어 보는 단어인데, 나중에 학교에서 써먹어야겠다."라고 자신을 낮췄다. 또한 자신이 당면한 행정 업무에 대해서도 이미 나보다도 많이 알고 있을 사실을 굳이 내게 물어 나의 위신을 세워 주려 했다.

나는 그런 그를 보며, 나의 과거가 부끄러웠다. 전주교육대학을 졸업하고, 번듯한 직장 생활을 하고 있으면서도 겸손한 모습을 보며, 과거 나의 지적 허영이 얼마나 어리석었는가를 알았다. 그 친구는 성실하게 교사 직무에 임했고, 부지런한 일상을 살았다. 김태훈 선생은 그렇게 번 돈으로 자신의 미래를 대비하며 살았다. 그렇게 나는 밥벌이의 숭고함을 보았다.

나는 이제 꿈으로 쌀을 살 수 없다는 사실을 안다. 또한 모두가 자신의 꿈을 버리고, 현실과 타협할 것이라는 사실도 안다. 로또 한 장조차 구입하지 않으면서 로또 1등 당첨을 바라는 나처럼, 꿈을 위해 노력하지 않으면서 허영이 가득한 과거 동료들을 보며, 나의 옛 친구들이 나와 같은 신세가 되는 것은 결국 현실에 타협하는 시기. '시간 문제겠구나' 하는 생각을 한다.

　그러나 나 역시, 밥벌이를 한다는 유세를 부릴 뿐이다. 내가 가지 못한 길에 대한 후회를 할 수 없으니, 다른 이의 여유를 비난하는 것에 다름없다. 강원대학을 중퇴하고, 독서실에서 총무 노릇을 하며 어렵사리 들어간 대학을 마치지 못한 나의 후회. 학창시절 어울리던 놈들 중에서는 그나마 가장 나은 대학에 들어갔다고 생각했으나, 최종학력 고졸이 되어 이제는 명함 한 장 내밀 수 없는 학력을 가진 내가 다른 이의 여유로운 삶을 비난하는 것은 오직 나의 졸렬함일 뿐이다.

　그 졸렬함의 표현 근거는 역시 밥벌이의 숭고함이고, 고귀함이다. 그러나 나는 앞으로도 종종 졸렬하고자 한다. 나는 화천의 막사에서, 안성의 민원대에서, 광주의 사무실에서 벽돌 하나 쌓는 일의 가치를 배웠기 때문이다. 나는 더는 나의 부모에게 돈을 달라 하지 않는다. 나는 이것이 한 세대가 다음 세대로 넘어가는 하나의 역사적인 과정이라고 본다. 나의 어미에게 기백만 원을 턱 내놓고, 원하는 것을 사 드리는 것으로 효도를 한다는 최면에 빠진 내가 가증스러울 때가 많다. 그럼에도 불구하고 나는 그것이 밥벌이의 숭고한 가치라고 생각한다.

그리하여 나는 나의 졸렬함을 자책하는 대신, 이미 허영이 가득한 세상에 시대에 뒤떨어진 수구로 살고자 한다. 그것이 나의 삶을 긍정하는 유일한 방법일 것이다.

2023. 3. 5.

서다

헌 이를 떠나보내며

2024년, 연초부터 치통이 심했다. 나는 가벼운 충치치료를 하겠거니 생각하고, 읍내의 작은 치과의원을 찾았다. 50대 중년의 치과의사는 엑스레이 사진을 한참 들여다보니, 염증이 커서 대학병원을 가야 한다고 말했다. 나는 의회사무과장이 자신의 친구라며 추천해 준 치과의사의 진단을 들으면서, '그럼 그렇지. 내가 경솔했다.' 하며 다른 치과의원을 찾았다.

나는 평일 하루 병가를 청원하고, 고향인 용인으로 귀향했다. 수도권에서 날고 기는 지방자치단체들 속에서 그중 남쪽 지방의 맹주 역할을 하는 용인시의 면적은 서울특별시와 엇비슷하다. 인구 역시 경기도에서 2번째로 많은 고장이 되었는데, 불과 30년 전만 하여도 용인시의 인구는 그리 많지 않았다. 대부분의 면적이 산지로 이루어져 있었기 때문이다.

2000년대 초반부터 시작된 택지개발과 서울과 지방에서 각기 이주한 이주민들의 유입으로 도시는 급격하게 성장했다. 그런 탓에 용인은 토박이들이 힘을 쓰지 못하고, 텃세가 적은 동네가 되었다. 그런 동네들은 흔히 '살기 좋다'는 말을 듣는다. 처인구의 시내동 지역과 기흥구의 신갈동 주변은 흔히 구도심이라 불리는데, 구도심에는 주로 주점이 즐비해 있다. 구도심을 제외한 지역에는 신도심이 들어서지 않았다. 용인시의 건설당국은 남은 땅에 아파트만 빽빽하게 올라서도록 허가했기 때문이다.

그렇게 구도심을 제외한 용인시는 베드타운으로서 교과서적인 역할을 한다. 베드타운에 사는 남편이 돈 벌러 나간 사이 아내들은 유아차를 끌고, 공원에 나와 우는 아이를 달랜다. 이재학에 밝은 사람들은 그 틈을 놓치지 않았고, 동네에는 금세 소아과 의원과 카페들이 들어섰다. 그래서 용인의 아파트 주변에는 의원급 의료기관이 제법 들어섰고, 나의 고향인 동백동에도 '메디컬 센터'라는 이름으로 여러 의료기관이 입주했다.

메디컬 센터라 이름은 붙였지만, 응급환자를 받을 수는 없는 주로 피부 미용이나, 흔히 마이너 서저리(Minor Surgery)라고 불리는 진료과가 대부분이었다. 나는 메디컬 센터에 입주한 치과의원을 방문했는데, 그곳의 대표원장은 연세대학을 졸업하고 개원한 전문의였다. 원무를 맡아 보는 젊은 여직원은 신경질을 내며 나의 신상을 물었다. 나는 '아, 용인에 왔구나.' 하고 생각했다.

어렵사리 만난 동백동의 치과 전문의는 나의 엑스레이 사진을 두고 안성에 있는 치과의사와 같은 이야기를 했다. 나는 엑스레이 촬영값과 진료비를 지불하고, 메디컬 센터의 유리문을 나섰다.

나의 우측 어금니 밑에는 어금니만 한 염증이 나 있고, 그곳에는 신경이 지나 들고 있어 염증을 따로 제거할 수는 없고, 발치를 해야 한다는 것이다. 그러나 마찬가지로 신경이 염증과 닿아 쉽사리 뽑을 수가 없다는 것이 안성과 동백의 의사들의 공통된 진단이었다. 나는 곧장 분당의 서울대학병원에 진료 예약을 했다. 서울대학병원은 석 달 뒤에나 진료를 볼 수 있다고 했다.

나는 직장에서도 인상을 쓰고 다녔는데, 무슨 일이 있느냐는 의원들과 공무원들의 말에 치통이 심하다고 답했다. 의원들과 나이 많은 공무원들은 아는 것이 많아서, 치의학에도 정통한 사람들이 많았다. 염증은 생활습관이 어떠하기 때문에 발생하는 것이니, 결국 생활신조를 바르게 정립하여 살라는 말이었다. 묻지도 않은 진단을 잔뜩 쏟아 낸 그들은 과연 의료법 위반 대상인가를 생각하다, 끝내 나는 두 귀로 듣고, 한 귀로 흘렸다.

석 달을 기다려야 하는 신세는 결국 어머니의 마음을 뒤숭숭하게 만들었다. 어머니는 과거 사업을 하며, 알고 지냈던 유력자에게 연락을 했고 유력자는 나의 석 달 뒤 진료일정을 일주일 앞으로 앞당겼다. 전화연결조차 쉽지 않았던 서울대학병원은 내게 직접 전화를 걸어 진료 일정이 앞당겨졌다고 전했다. 나는 황송한 나머지 잘 알겠노라고 답했다.

분당 서울대학병원에 들어갔을 때, 나는 병원이 아니라 백화점의 문을 열었다고 생각했다. 로비는 높았고, 에스컬레이터에는 고객들이 많았다. 식당과 편의점과 은행이 뒤섞였고 각 매장마다 줄이 길었다. 분당 서울대병원의 치과에도 마찬가지로 사람이 많았는데, 병원이 준비한 의자가 기다리는 환자의 수를 감당해 내지 못했다.

나는 다른 사람들보다 먼저 진료를 받았는데, 공교롭게도 내가 우선 진료대상으로 분류가 되었던 모양이다. 나보다 일찍 와서 기다린 여인은 자신의 순서가 밀린다고 생각했는지, 엑스레이 기사에게 소리 높여 따졌다. 나는 기어들어 가는 목소리로 미안하다는 말을 전하고 꽁무니를 쳤다. 서울대학병원의 교수는 안성과 동백의 전문의들과는 다른 진단을 했는데, 환자가 아직 젊으니 발치는 마지막 수단으로 고려하는 것으로 하고, 잇몸의 일부를 절개하여 염증을 제거하는 방법을 취하자고 말했다.

그리고는 구강악안면외과에서 수술하기 이전에 치주과에서 협진 개념의 진료를 받아 오라고 했다. 나는 다시 원무로 물러났고, 원무에 자리한 간호사는 내게 치주과 진료는 한 달 뒤에나 가능하다고 말했다. 나는 치통은 언제쯤 사라질 수 있느냐 물었고, 간호사는 나의 질문에 난감해했다. 대답을 기다리는 내게 분당 서울대학병원에서 근무하다 퇴직하고 개원한 교수의 의원을 소개해 줬다. 거기서는 치료가 가능하냐고 물었으나, 간호사는 우선 예약을 잡아 놓겠다는 말을 했다. 나는 병원을 나섰다.

어머니는 석 달의 대기 기간을 일주일로 줄여 놓은 유력자에게 다시금 부탁하는 편이 낫겠다고 했고, 나는 그런 어머니를 말렸다. 10대 시절, 민주노동당에 입당해서 특권이 없는 사회를 만들어야 한다고 주장하던 청년이 있었으나, 통증은 알량한 소신을 흔들어 놓았고, 결국 치통은 해결되지 않은 채 자존심만 구겼다.

나는 나의 소신이 얼마나 보잘것없는가를 생각했다. 신념을 지키기 위해 죽음을 앞두고도 의연한 사람들이 있다. 어떤 사람들은 사상이나 종교 혹은 정치적으로 자신이 옳다는 것을 믿고 이를 지키기 위해 감옥에 가고, 삶을 포기하기도 한다. 나와 같이 부박(浮薄)한 사람들은 신념보다 말이 앞선다. 과거 노동운동이나, 민주화운동을 하던 사람들이 전향하고 나서 내뱉는 거친 언어들이 그렇다. 전향이 아닌, 옳은 길을 간다는 주장을 해야 하기 때문이다. 왜 과거에는 옳은 길을 가지 않았느냐는 질문에는 젊음을 이야기한다. 죄 없는 젊음은 서럽다.

나는 전향서를 작성한 적은 없지만, 나의 신념은 한 달간의 치통과 엑스레이 촬영 3번에 손쉽게 진압되었다. 나는 젊어서 전향했다. 나는 지금도 젊어서 부정할 과거도 없다. 핑계도 없는 나는 서글프다.

이러한 사실을 모르는 동료들은 대학병원을 다녀오고도 찡그린 표정을 짓고 있는 나의 사정을 의아해했다. 자초지종을 들은 류현정 주무관은 내게 청주에 소재한 치과병원을 소개해 줬다. 그녀는 한참을 설명했는데, 나는 지루한 치료 과정에 지쳐 경청하지 않았다. 그녀는 내가 제대로 듣고 있지 않다는 것을 알아차리고도 타박하지 않았다. 대신 내게 메신저로 병원의 이름과 주소를 보내 줬다.

나는 그녀가 보낸 메시지를 받아 들고, 그깟 치통으로 신념도 버리고, 인간에게도 무심해지고 있다고 생각했다. 나는 그날로 다시 병가를 청원하고 청주로 향했다. 고층 건물의 2개 층 전부를 치과가 사용하고 있었는데, 거기에는 10명의 치과의사가 있었고, 그중 아홉이 전문의 자격을 갖춘 사람들이었다. 나는 그중 치의학전문대학원을 졸업한 젊은 전문의에게 진료를 받게 되었다.

젊은 사내는 지금까지 나의 치아를 확인한 3명의 의사들과 같은 이야기를 했다.

- 치아 밑에 염증이 크게 있어서, 이건 발치를 하셔야 할 것 같습니다. 일상생활에 지장이 없으시면, 고민을 해 보시고 다시 진료를 받아 보시죠.

- 일상생활에 지장이 됩니다. 오늘 어떤 형태로든 치료를 받고 싶습니다.

젊은 의사는 통증이 있다는 말에 놀란 듯이 나를 돌아보았다. 그는 곧장 수술을 준비하겠다고 말했고, 나는 수술에 앞서 약간의 상담 절차를 거쳤다. 상담은 수술을 어떻게 하겠다는 사전 절차가 아닌, 발치를 한 이후에 어떤 제형(劑形)의 임플란트를 할 것인지, 그 가격 등을 논하는 상담이었다. 상담원은 내게 여러 가지의 임플란트 종류를 설명했다. 나는 잠시 고민하는 척을 하고 가장 저렴한 것을 선택했다. 상담원이 얼마의 수수료를 받는지는 알 수 없었으나, 그녀는 실망한 티를 내지 않았다.

나는 피를 뽑고, 안내하는 직원이 이끄는 대로 곧장 수술대에 누웠다. 간호사는 나의 얼굴에 초록 천을 덮고 잇몸에 마취크림을 발랐다. 치과로 발원하는 공포의 대부분은 마취주사인데, 마취주사의 고통이 과거보다 크지 않았다. 마취를 하였기 때문에 발치를 하는 동안에는 아무런 고통이 느껴지지 않았다. 다만, 젊은 의사가 힘을 주며 내 이를 흔들어 뽑고, 깨져 버린 이를 수거하고 그 밑에 깔린 염증을 긁어내는 일은 청각과, 촉각으로 느껴졌다. 이를 뽑고 집으로 돌아오니, 더 이상 치통이 느껴지지 않았다.

어금니를 뽑고 남은 자리를 만지작대다 문득 연초부터 호들갑을 떨었던 모습이 떠올랐다. 이를 뽑고 남은 공간은 가공의 산물로 메워지겠으나, 경솔하게 굴었던 나의 모습은 무엇으로 채울는지 알 수 없었다.

나는 발치를 하고, 새로운 이를 받는 대가로 130여 만 원을 지불했다. 직장에서 받은 명절상여금이 어금니를 거쳐 빠져나갔다. 생각해 보면, 어릴 적부터 나의 구강건강은 문제가 많았다.

어릴 적 어금니가 아파 울었는데, 어린 나는 몇 번 치아가 아픈지 말로 표현하지 못했다. 어머니는 나를 치과로 데려갔고, 치과의사는 유치원생의 치아 6개에 크라운(인공 틀)을 씌우는 수술을 했다.

나는 이 글을 쓰기 전 어머니에게 어릴 적 지불했던 치과비용을 물었다. 어머니는 금목걸이를 팔아서 내 치앗값을 치렀다고 말했다. 2002년 당시 50만 원을 넘게 지불했다고 하니, 2002년 최저임금을 받는 노동자의 한 달 월급을 넘는 수준이었다. (2002년 당시 9급 1호봉인 공무원의 본봉은 54만 1,600원이었다.)

이후에도 치통은 잦았는데, 초등학교 시절에는 이가 아파 소리 내 울었다. 크라운을 씌우는 것은 임플란트를 하는 것만큼 돈이 많이 들어간다. 그래서 신경치료만 받고, 크라운을 씌우지 않았던 적도 있었다. 군 복무를 할 때에도 치아가 말썽이었는데, 나는 군 병원에서 신경치료를 했다. 현역 복무를 하는 장병들에게 군 병원은 값을 치르지 않아도 되었기 때문이다. 나는 이제 막 치과대학을 졸업한 군의관에게 치료를 받았다. 포대장은 그런 나를 보며, 군대에서 신경치료를 받는 병사는 처음 본다고 말했다.

유년 시절부터 서른을 앞둔 오늘까지 치과와 관련한 인연이 깊었다. 치료를 마치니, 2024년의 끝이 보인다. 헌 이를 보내고, 새 이를 받은 사이에 몇 사람은 떠나고, 새로운 사람도 보았다. 많이 먹지는 않았지만, 어째서 내 구강에는 중고차 한 대 값이 들어 있다. 금목걸이를 내놓은 어머니와 명절상여금을 내놓은 나는 청주에서 돌아오는 길에 수다를 떨며 안성으로 돌아왔고, 어머니는 나를 먹이기 위해서 보쌈을 삶았다. 나는 두 끼에 걸쳐 보쌈을 먹고, 치과 진료에 한정한 회고록을 적었다.

혹시 이 글을 읽는 어린아이가 있다면, 양치를 잘하시라. 커서도 양치를 잘하시라. 성인이 되어 밥을 빌어먹고 산 뒤에도, 욕을 한 후에도, 키스를 한 후에도 양치를 잘하시라.

2024. 11. 23.

모두가 한 명의 문화예술인이 되는 길

　과거 안성시의회에서 근무했을 때, 체육회 임원 출신의 시의원이 있었다. 그는 체육인 출신답지 않게, 위계질서나 권위의식이 없었고 이른바 '동네 형님' 같은 리더십을 보였다. 안성에서도 그가 속한 정당이나 그의 정치적 이념을 싫어하는 사람은 더러 있어도, 그 사람의 인격을 싫어하는 사람은 없었다.

　한때, 다수당이었던 국민의힘 소속 의원들로부터 약간의 미움을 받았던 시기가 있었다. 각 정당에서는 본인에게 충성을 다하는 직원이기를 바랐으나, 나는 그만한 역량이 없었기 때문이다. 국민의힘이나 더불어민주당이나 내게 우호적인 이야기를 꺼내면 "저는 살면서 국민의힘 또는 더불어민주당에 투표를 해본 적이 없습니다."라고 답을 했다. (사실에 근거한 답변이긴 했다.) 미움받을 용기가 있었던 것은 아니고, 똥과 된장을 구분 못하던 시기였다.

　그즈음 바우덕이 축제 근무를 끝내고 의원들과 함께 돌아오는 길. 그는 별안간에 내 손을 꼭 붙잡았다. 그는 주민들이 건넨 술에 이미 어느 정도 취기가 오른 상태였는데, 약간의 덕담과 함께 격려의 이야기를 건넸다. 내가 막 스물여섯, 일곱이었을 시기. 정치하는 사람들에게 미움받는 막내 직원이 약간은 안타깝게 여겨졌을지는 모를 일이나, 청사로 복귀하는 조용한 길목에 그가 하는 말은 제법 진정성 있게 들렸다.

의원은 안성에 프로 축구단을 만들고 싶어 했다. 그리하여 나는 한동안 축구협회의 정관을 유심하게 읽기도 하고, 각 지방자치단체의 프로 축구단과 세미프로 축구단의 예산을 들여다보기도 했다. 그런데, 조례를 제정한다거나, 실질적인 의정활동으로 발화되지는 못했다. 사실 이는 전적으로 나에게 귀책이 있다. 다른 의원들이 내게 다투듯이 조례안을 집어던지느라 프로 축구단과 관련한 문화예술 조례는 우선순위에서 뒤처지고 말았기 때문이다. 그럼에도 불구하고 의원은 내게 "많이 바쁘지? 건강 챙기면서 일해라."라며 안부를 물었고, 자신의 조례안은 신경 쓰고 있느냐라는 그 쉬운 말조차 꺼내지 않았다.

나는 그렇게 광주에 오기 전까지 그의 프로 축구단 신설에 관한 조례를 만들지 못했다. 나는 8급 승진을 하고도 3개월이 지나고 나서야, 고작 짧은 연설문 하나를 그에게 건넸는데, 그는 별것 아닌 글을 두고 반복해서 고마움을 표현했다. 내가 작성한 연설 원고의 일부를 옮긴다.

"(...) 존경하는 안성시민 여러분! 그저 돈 때문에, 재정 때문에 프로 축구단을 유치하려는 것은 아닙니다.

축구 앞에서 동과 서가 하나되는 안성을 상상해 봅시다. 안성이 이기면 공도가 이기는 것이고 일죽이 이기는 것이며 미양이 이기는 것입니다. 철 지난 지역감정은 사라지고 문화체육이라는 가치 아래 선진문화도시로서의 안성에서 우리 모두 하나가 될 것입니다.

(...) 우리 모두 시민구단의 가치에 대해서 생각해 봅시다. 시민구단의 가치란 빈부격차와 관계없이 시민 모두가 문화생활을 고루 누리며, 나아가 문화강국 속의 문화도시로 나아가는 능력을 갖출 수 있는 것이라 할 것입니다. 이러한 시민구단의 가치 아래 특정한 사람만을 위한 문화가 아닌, 또한 특정한 계층만을 위한 문화가 아닌, 안성시민 모두가 한 명의 문화예술인이 될 수 있는 그러한 안성시를 만들어 나갑시다."

눈치챈 사람도 있겠지만, 노무현 대통령의 연설을 일부 모방("안성이 이기면 공도가 이기는 것이고…" 부분)했다. 시간에 쫓겨 작성한 나의 원고는 허술하고, 빈틈투성이였으나 그는 프로 축구단 신설을 위한 연설을 능숙하고 훌륭하게 소화해 냈다. 광주로 전입한 이후 약간의 후회가 되는 것이 있다면, 조례 제정 정도는 '제도적 여건 마련'이라는 명분으로 실무 선에서 밀어붙였더라면 충분히 만들 수는 있었을 텐데… 하는 안타까움이 남는다.

나는 안성을 떠나기 직전까지 그에게 "프로 축구단을 못하고 가서 섭섭하고 송구합니다."라고 말했다. 나의 말을 들은 그는 내게 "아니다. ○○회(관련 단체)에서도 아직 준비가 안 되었다."라고 위로하며, "큰 도시에 가서 더 큰 사람이 되어라"고 격려했다. 그는 동생을 서울로 보내는 시골 큰형님처럼 말했다. 의원은 실제로 그런 사람이었다.

나는 광주로 전입 후, 서울에서 그를 우연히 만났는데. 각 지역의 지방의원들이 상을 받는 자리였다. 나는 상을 받는 우리 의장을 필두로, 국·과장과 팀장을 모신 자리였는데, 그 자리에서 의원은 광주의 의원과 직원들에게 "요한이 잘 좀 대해 주세요."라고 굳이 아쉬운 소리를 꺼냈다.

의원은 회의가 길어지면, 정회를 요청했고, 정회를 하면 내게 종종 담배 있느냐고 물었다. 나는 오랜만에 그와 담배를 함께하고 싶었으나, 광주의 일행들은 귀청을 서둘렀다. 나는 퍽 유감스러운 인사를 보냈고, 의원은 개의치 말고 어서 들어가라는 말을 건넸다.

나는 광주로 전입 후 이렇듯 프로 축구단 창설이라는 문화 정책을 한동안 잊고 지냈다. 그러다 문득 내 고향인 용인에서 프로 축구단을 창단한다는 소식을 들었다. 나는 곧바로 창단 첫해 시즌권을 구매했고, 오늘 시즌권을 비롯한 여러 기념품들이 집에 도착했다.

나는 이제 평일, 축구 경기가 있는 날이면 30분 정도 조퇴를 해서 축구를 보러 갈 것이다. 주말에도 어김없이 용인축구경기장으로 향할 것이다. 분위기를 내는 척 맥주도 한 잔 사서, 두어 모금 마시고 "내일 출근 어쩌지" 하는 걱정을 하며, 멀쩡한 맥주를 버릴 것이다. 그렇게 살 생각이다.

의원이 꿈꾸었던 시민 모두가 한 명의 문화예술인이 될 수 있는 도시. 나는 이러한 고민이 세상을 떠난 노회찬 의원이 말한 "전 국민이 악기 하나쯤은 다룰 수 있는 나라"와 일맥상통한다고 본다.

오늘 용인FC 사무국에서 보낸 시즌권 티켓을 바라보면서, 나는 안성의 의원을 생각했다. 내가 좀 더 부지런했다면, 내가 조금 덜 아팠더라면 하는 생각이 나를 괴롭게 하지만, 이미 지나간 일을 되돌릴 수는 없는 일이다. 나는 그리하여 더 깊게 생각하지 않기로 했다. 안성에는 이미 나보다도 훨씬 훌륭한 직원들이 있고, 또 그만한 현안들이 매일 같이 생길 것이기 때문이다.

그러나 의원이 남긴, "특정한 계층이 독점하는 문화예술의 가치가 아닌, 모든 시민들이 향유하는 문화예술"이라는 말은 의회에 근무하는 동안 오랫동안 간직해야 할 이념이라 본다.

용인에는 미안하지만, 나는 광주에도 프로 축구단이 생기면 바로 광주의 팬으로 돌아설 생각이다. 무릇 지역 연고가 반영된 스포츠라야 지방이 산다고 보기 때문이다. 그러나 광주나 안성이나 돈이 없다고 우는 소리를 듣고 있는 것을 보면…. 광주나 안성이나 예산팀에 전산 시스템이나 만질 줄 아는 사람이 아니라, 적어도 머리가 있는 공무원을 보냈으면 좋겠다는 생각을 한다.

2026. 1. 9.

예비역 하사의 20만 원

　군 복무 시절 운전병으로 근무했던 나의 후임이 전역 후 2년 만에 내게 연락했다. 그는 나보다 7개월 늦게 입대했고, 사병의 복무 기간이 끝난 후 운전 주특기의 전문하사(현재는 임기제부사관이라 한다)로 임관했다. 그는 6개월 남짓의 연장복무를 마치고 육군 예비역 하사로 전역했다. 우리나라가 전시상황이 되어 내가 예비군으로 동원된다면, 나는 후임인 그에게 먼저 거수경례를 해야 할 것이다.

　여기까지는 내가 확인할 수 있는 사실이다. 그는 연장복무를 마치고 내게 연락을 했는데, 당시 나는 서울에서 공무원노동조합이 주관하는 반정부 투쟁에 참석하고 있었다. 그는 이리저리 말을 돌리다, 끝내 생활비가 부족해서 20만 원을 빌려 달라는 연락을 했다. 여자친구와 동거를 하고 있는데, 핸드폰 요금조차 낼 여력이 안 된다는 것이 주된 요지였다. 그는 20만 원을 빌려 주면 차주에 갚을 수 있다고 했다.

그는 말의 앞뒤가 맞지 않았다. 돈이 들어올 곳이 없는데, 어떻게 갚을 여력이 될 것인가. 나는 30만 원을 송금했으니, 신경 쓰지 말라는 말을 전하고, 전화를 끊었다. 그는 몇 주 동안 연락이 없다가, 달이 바뀌기 전 내게 수백만 원의 빚을 졌다고 말했다. 나는 나의 두 달치 봉급보다 큰 금액을 보낼 만한 여유는 없었다. 그렇게 이미 30만 원을 보내고도 미안하다는 말을 했다.

그 이후로 연락은 더 이상 닿지 않았다. 나는 군 동기로부터 후임의 이야기를 전해 들었는데, 대부분 영양가가 없는 내용들이었다. 그렇게 1년이 흘렀다. 후임의 소식을 전해 들은 것은 발신자를 알 수 없는 문자메시지로부터였다.

해외 발송이라는 문자메시지에는 온갖 욕설과 협박, 외설적인 언어가 섞여 있었다. 나는 그 문자가 당사자가 아니었음에도 등짝에 연신 식은땀이 흘렀다. 문자를 받은 후 몇 시간이 지나고, 단체 문자로 추정되는 후임의 연락이 있었다. 본인의 과실로 협박을 당하고 있으니 양해를 바란다는 문자였다.

나는 본인의 과실로 협박을 당하고 있다는 그의 사정이 두려웠다. 그는 도박에 손을 댔다고 했다. 그는 국가에서 용인하고 관리하는 도박을 제외한, 이른바 사설도박을 했을 것이다. 임기제 부사관으로 벌었던 돈과 적금은 경기장 위에서 땀 흘리는 선수들의 경기 결과로 결정되었을 것이다.

자신이 번 돈 역시 온갖 훈련으로 흘린 땀의 결과였을 것이다. 그러나 그는 자신의 땀값의 종착지를 다른 이의 땀이 결정하도록 내버려두었다.

나는 이 글을 쓰기 전 국민체육진흥기금 조성을 위해서 문화체육관광부와 국민체육진흥공단에서 운영하는 체육진흥투표권 기만 원어치를 구입했다. 나는 기만 원을 얻고, 또 기만 원을 잃었다. 나는 잃어버린 기만 원이 아까워서 독일 분데스리가와 이탈리아 세리에A의 승률과 순위를 유심하게 들여다보았다. 난생처음 들어본 선수들의 이름을 가만히 들여다보니 마치 내가 노동을 하는 것처럼 느껴졌다.

나의 후임도 그리하였을 것이다. 자신이 땀 흘려 번 돈을 체육경기의 판돈으로 내놓을 때, 그냥 내놓지는 않았을 것이다. 온갖 경기를 보며 선수와 감독을 알았을 것이다. 그러나 최하위를 전전하던 팀은 때때로 리그 1위 팀을 이겼고, 예상치 못한 경기에서 승패가 결정되지 않는 무승부를 기록했다.

나는 프랑스 리그앙의 2위 팀이 14위 팀에게 패배하여 기만 원을 잃었을 때, 이것은 나의 노력이 아닌 도박이었다는 사실을 알았다. 이제는 나의 예비역 선임이 되어 버린, 후임이 이 사실을 언제 깨달았는지는 알 수 없다.

바야흐로 불로소득의 시대다. 역대 우리 정부는 투기와 투자를 조장했다. 정부가 말로써 규제하는 것은 말로써 끝난다. 우리나라의 제1야당 대표는 기본소득을 주장한다. 고복지를 위해서 고부담을 주장하지는 않지만, 그의 주장은 어떤 형태로든 일관되었다.

나의 후임이 고초를 겪는 것은 그저 20대 청년의 어리석은 선택 탓은 아니다. 근로소득을 무능하고 하찮게 대하고, 불로소득을 귀히 여기는 우리의 책임이다. 세금으로 월급을 받아 끼니를 해결하는 공무원인 나의 책임이다. 우리나라 청년이 협박을 받아도 자신의 과실로 돌리는 것을 보고도 어쩔 도리가 없는 공안당국의 책임이다. 20대 청년들의 자살을 투기성향으로 분석하는 언론인의 책임이다.

나는 나의 후임이 살아 있기를 바란다. 그러나 스물다섯의 청년이 누군가의 조력 없이 불법 도박 빚의 늪에서 벗어나기란 쉽지 않을 것이다. 불법 도박을 위해 빌린 돈이니, 그 사실을 알고도 돈을 빌려준 무리들이 법정 이율을 지킬 것이라 생각하지 않는다.

그는 눈덩이만큼 불어난 이자를 갚지 못하면, 자신의 사생활을 유포하겠다는 반복된 협박을 받을 것이고, 점차 정상적인 경제생활과 인간관계를 이어 나가기 어려울 것이다. 은둔고립 청년 발굴을 위해서 온갖 관료들과 교수와 박사들이 머리를 싸매고 있지만, 스물다섯 내 후임은 누구의 도움도 받고 있지 못하다.

스물다섯.

경기도 안성시에 거주하는 50대 남성으로부터, 자신이 대기 순번에서 3분 넘게 기다렸다는 이유로 '개 같은 씨발새끼'라는 욕설을 들었던 내 나이도 스물다섯이었다.

스물다섯의 청년들은 도대체 무슨 죽을죄를 지었는가. 유감스럽게도 좌우를 막론한 지식인들은 한국 사회에서 발생하는 모든 갈등과 잘못의 원인을 20대 남성으로 지목한다. 보건복지부 장관을 역임했던 유시민은 이재명에 대한 체포동의안이 국회에서 가결되자, "2030 남자 유권자들이 이 사태에 책임이 상당 부분 있다."라고 말했다. 한편 중앙일보 논설위원을 역임한 김진은 "젊은이들이 망친 나라 노인이 구한다."라고 말했다.

아동문학가였던 권정생 선생은 자신의 유언장에 "환생을 할 수 있다면, 건강한 남성으로 태어나서 25살 때 22살이나 23살쯤 되는 아가씨와 연애를 하고 싶다. 벌벌 떨지 않고 잘할 것이다."라고 적었다. 그리고 그 바로 다음 문장에는 "하지만 다시 환생했을 때도 세상에는 얼간이 같은 폭군 지도자가 있을 테고 여전히 전쟁을 할지 모른다. 그렇다면 환생은 생각해 봐서 그만둘 수도 있다."라고 적었다.

나는 스물다섯의 청년들이 스스로 목숨을 끊는 것을 대수롭지 않게 여기는 이 사회가 두렵다. 이 무정함을 방치하는 사람들은 도대체 환생을 몇 번이나 한 것인지 알 수 없다. 나는 그러한 탓에 오늘도 '잘 살고 있으니, 20만 원을 다시 한번 빌려 달라.'는 그의 연락을 기다린다.

2024. 11. 3.

국위선양과 병역특례

저는 많은 재판을 보지 못했습니다마는 '수십 년간 땀 흘려서 농사를 지으면서 우리 사회에 기여한 점을 감안하여 감형한다'거나 혹은 '산업재해와 저임금에도 불구하고 수십 년간 땀 흘려 일하면서 이 나라 산업을 이만큼 발전시키는 데 기여한 공로가 있는 노동자이므로 감형을 한다', 이런 예는 본 적이 없습니다. 혹시 보신 적 있습니까?

노회찬, 『법은 만 명한테만 평등하다』, 정보와 사람, 114쪽

지난 4월 26일, 한국과 인도네시아 간의 올림픽 축구 예선에서 우리나라가 패배한 날. 친구 한 놈이 술에 취해 내게 전화를 걸었다. "나라 꼴이 이게 맞느냐"고, "저놈들이 군대 가려고 용을 쓴다."라고 울분을 토했다. 나는 술은 곱게 마시라는 따뜻한 안부를 전하고 전화를 끊었다. 그러나 나는 한동안 올림픽과 군

면제에 관하여 잠심할 수밖에 없었다. 마치 병역의 의무를 죄악처럼 인식하고, 대단한 성과를 얻어야만 병역의 의무를 면제받을 수 있는 21세기 한국 사회를 생각하지 않을 수 없었다.

그렇다. 올림픽 시기가 되면 비단 스포츠면뿐만이 아닌 사회면도 들썩인다. 출전한 선수에 대한 응원과 질타, 혹은 미심쩍은 판정에 대한 비난들이 한데 뒤섞인다. 특히 인기가 많은 프로리그를 보유한 종목에 대한 선수선발과 경기 과정은 신문지상에 오르내린다. 개중에는 축구와 야구가 유독 그렇다. 축구와 야구는 다른 종목에 비해 체급도 나뉘지 않았고, 메달의 수도 적다. 그럼에도 불구하고 많은 사람의 관심을 받는 이유는 역시 고액 연봉을 받는 스포츠 스타들의 병역면제(정확히는 보충역 편입에 따른 병역특례)에 있을 것이다.

병역법은 이를 명확히 규정해 두었다. 병역법 시행령 제68조의11 제4호에 따르면 올림픽대회에서 3위 이상으로 입상한 사람은 예술체육요원으로 추천할 수 있다고 적혀 있다. 이는 군 복무를 현역으로 필하지 않아도 좋다는 규정이다. 병무청은 예술체육요원에 대하여 아래와 같이 기술했다. '국위선양 및 문화창달에 기여한 예술·체육 특기자에 대하여 군 복무 대신 예술·체육요원으로 복무하게 하는 제도.' 국위선양(國威宣揚)은 국가의 권위나 위세를 떨치는 일을 말하고, 문화창달(暢達)은 문화를 통쾌하고 후련하게 경지에 이르는 일을 말한다.

병무청의 소상한 기술에도 나는 예술체육요원의 제도를 쉽사리 이해하지 못했다. 예술체육요원의 존폐를 두고 논하는 많은 소시민의 언어가 지금은 세상을 떠난 노회찬의 고민과 닿아 있다고 생각했다. 유신헌법을 기초로 만들어진 유신정권은 출범 반년 만에 예술체육요원 제도를 새로 만들었다. 물론 국내에서 예술하는 사람들, 체육하는 사람들에 대한 후생 차원이 목적은 아니었을 것이다. 1953년을 시점으로 그어진 휴전선 이북의 체제보다 우리의 체제가 우월하다는 것을 증명하기 위함이었을 것이다.

그러한 노력의 일환으로 당국은 국제대회에서 상을 잔뜩 받아 오는 것(정확히는 북한보다 많이 받는 것)을 목표로 정했을 것이다. 병역 문제는 미필 남성들에게 큰 산과 같은 것이므로, 사기 고양의 효과는 분명했을 것으로 보인다. 그러나 이제는 북한과는 비교하는 것이 민망할 정도로 경제/사회/국방/과학 등 모든 분야의 지표상에서 대한민국이 북한을 앞서고 있고, 국가 자체로는 선진국 반열에 탑승할 정도로 성장했다. 그러나 대한민국을 지탱하고 있는 수많은 보통 사람에게는 어떠한 영광도 돌아가고 있지 못하다.

12년 내내 의무교육을 성실히 이수하고, 고등교육을 받는 학생에게 "야간자율학습 등의 혹독하고 유난스러운 한국의 교육과정을 이수하는 과정에서 군말 없이 해냈음으로 병역특례를 명한다" 또는 의무교육을 마치고 생계 전선에 뛰어든 청년에게 "국가는 G7 초청국이니 OECD 가입국이니 하는 잔치를 벌이는 동안 귀하의 사정은 전혀 돌보지 않았지만, 데모 한 번 하지 않은 순진한 시민이기에 병역특례를 명한다"와 같은 예는 일찍이 본 적이 없다. 나는 위에 열거한 청년들이 올림픽에서 메달을 획득한 아무개보다 못하다고 보지 않는다.

국제대회에서 메달을 얼마만큼 획득하느냐에 따라 국가의 위상이 달라진다면 이 얼마나 가벼운 국가의 위신이겠나. 예술체육요원제도는 마땅히 폐지해야 옳다. 우리는 교육이나 사회 전반에서 특출난 인재를 중심으로 육성하는 것이 기저에 깔려 있는데, 이제는 이를 바로잡아야 한다. 그간 경제성장이나 안보와 같은 여러 범국가적인 이유로 보통 사람·평범한 사람에 대한 가치가 흔들리고 주목받지 못해 왔다. 그러나 국가의 위신을 핑계로 메달리스트의 의무를 평범한 사람이 대신 지을 수는 없다.

과거 왕조시절, 과거에 급제한 양반가들은 군역을 지지 않았다. 출세하지 못한 양민들이 군에 끌려가서 해적들의 노략질을 막거나 궁을 짓거나 성을 쌓는 토목 공사에 노역을 제공했다. 그 시절에는 그것이 당연한 일이었을 것이다. 그러나 세상에 마땅히 당연한 것은 없다. 위정자들과 그의 자식들은 알 수 없는 온갖 사유로 병역을 기피하는 작금에, 메달을 획득하면 군에 가지 않는 것과 과거에 급제하면 가지 않았던 그 시절의 사정이 무엇이 그렇게 다른가. 징병제를 시행하는 나라에서 메달리스트도 빠짐없이 군에 가는 나라가 보기에 더욱 마땅하다.

그렇다면, 국가대표 선수들도 국위선양이나 문화창달과 같은 허언을 저지르지 않아도 좋고, 병역특례를 위해서 국제대회에 참석하는 주객이 전도된 상황을 목도해야 하는 스포츠팬들도 울화가 치미는 일은 좀 줄어들 것으로 보인다. 또한 올림픽에 나가는 체육인들도 한 명의 문화체육에 종사하는 노동자로서 정당하게 대우받고 성적이 나쁘다고 범국민적으로 비난을 받을 필요가 없는 결과를 낳을 수 있다. 더불어 스포츠인, 혹은 예술인들의 사생활에 관심을 쏟는 일에 에너지를 소모하는 것과 같은 사회 자본의 낭비 역시 방지할 수 있을 것이다.

혹자는 수천억 원을 받는 프로선수에게 병역을 강제하는 것은 재산권 침해라고 지적할 수 있다. 그러나 청년이 받는 최저임금 9,860원은 가치가 박하고, 해외리그에서 뛰는 체육인의 수천억 원은 과연 복된 것인가. 다만 이러한 목소리는 크지 않기에, 나는 아직 우리 사회가 천민자본주의(Pariakapitalismus)와는 거리를 두려는 것으로 해석한다. 그동안 대한민국은 병역의 의무를 하찮은 것으로 취급했고 그러한 병역의 의무를 수행하는 사람 역시 하잘것없는 사람으로 대우했다. 그러나 언제까지나 시민들에게 얌전하게 의무를 이행하는 것을 기대할 수는 없는 노릇이다.

그럼에도 불구하고, 국가는 병역특례 제도를 폐지하지 않을 것이다. 정치하는 사람이 병역특례 제도 폐지를 외치는 순간 문화·체육계는 적으로 돌아설 반면, 얻게 될 정무적인 실익은 전무하기 때문이다. 우리 사회에서 보통 사람의 가치를 회복하는 일이란, 이렇듯 멀고도 험하다.

한편, 한국과 인도네시아가 축구를 하기 보름 전이었던 지난 4월 10일은 군 복무 중 열사병으로 쓰러져 의식을 잃었던 고등학교 동창이 8개월 만에 완전히 회복하여 병상을 떠난 날이었다. 나는 의식을 잃어가며 조국을 지켰던 나의 동창이, 여느 슈퍼스타보다 더욱 빛나고 복되다고 여긴다. 나는 우리 사회가 그 누구보다 평범하고 보통 사람들을 위한 보편적 가치를 외면하지 않기를 바란다.

2024. 5. 15.

한강의 기적

박정희 시대에 경제성장 면에서 한국 경제가 빼어난 성적을 보인 것은 부정할 수 없는 사실이다. 하지만 이것이 예외적인 성공만은 아니었다. 동시대의 대만·홍콩·싱가포르 등 소위 아시아의 신흥공업국들이 유사한 성장을 이룩했으며, 조금 앞서서는 일본이, 조금 뒤처져서는 중국이 또한 고도성장을 이룩했다. 이것은 이 나라들에 공통적으로 작용한 역사적·환경적 요인이 있었다는 것을 시사하며, 한 개인의 빼어난 지도력만으로 이루어진 결과가 아니라는 것을 말해준다.

유종일, 『박정희의 맨얼굴』, 시사in북, 48쪽

　오늘 이재용 삼성전자 부회장의 가석방이 결정되었다. 법무부는 장관의 말을 빌려 "코로나바이러스감염증-19(코로나19) 장기화에 따른 경제 상황과 사회 감정, (이재용 부회장의) 수용 생활 태도를 반영했다"라며 가석방의 이유를 설명했다. 건국 이래 정권은 여러 차례 바뀌었지만 기업 총수가 형을 마치지 않고 출소를 하는 이유는 대동소이하다. '어려워진 경제상황을 타개하기 위해서 경제사범을 사회에 내보낸다.' 조잡한 논리는 웃음도 나오지 않는다. 이재용 부회장이 출소하는 것으로 경제에 도움이 되는 사람이 누가 있겠나. 사실상 이 부회장의 가석방을 찬성하는 사람들은 삼성전자의 주주이거나, 아직도 한강의 기적을 신봉하는 사람뿐이다.

차라리 이재용 부회장의 수용 생활 태도가 뛰어났기 때문에 가석방을 결정했다는 말은 법 집행의 엄정함이라도 보였을 것이다. 그러나 경제 상황과 사회 감정을 운운한 대목은 다소 안쓰러울 지경이다. 이재용 부회장이 출소하면, 대한민국이 경제위기에서 탈출할 수 있나? 아니면 코로나가 종식되나. 꿈같은 말이다. 우리는 유독 경제상황이 악화되면(97년 이후 경제호황이었던 적은 없지만) 경제사범들을 출소시켜 왔다. 이 민연한 사정은 유독 대기업 총수에게만 국한된다. 농업상황이 좋지 않으면 농업종사자들을 출소시키고, 정치효능감이 떨어지면 선거사범들을 출소시키면 되는가.

박정희.

한 사람의 카리스마로, 개발도상국에서 선진국으로 올라섰다는 달콤한 전설은 아직도 우리의 발목을 잡고 있다. 이미 대한민국은 한 해의 두 자릿수의 경제성장률은 불가능한 시대가 되었다. 그렇다. 한강의 기적의 시대는 갔다. 한강이 아니라 호남의 영산강과 섬진강 영동과 영남의 낙동강까지 모두 더해도, 고공성장을 할 수는 없다. 그럼에도 불구하고 우리는 또 한 명의 박정희를 기다리는 듯하다. 오늘 이재용의 가석방 결정을 지켜보며, 나는 이 주장이 무리가 아님을 느낀다. 이런 조국의 틈바구니에서 택배 아르바이트를 하는 나의 군 동기와, 1톤 트럭을 몰며 아버지와 함께 일을 하는 먼 동네 동생 녀석을 보며 먹물은 본디 할 말을 잃는다. 얼마 전까지만 해도 2030의 투기 열풍을 지적한 언론이 떠오른다. 노동의 가치를 폄하시키는 통치 행위에는 침묵하는 사회의 목탁을 보며 먹물은 또 할 말을 잃는다.

그러나 나는 아무런 힘이 없어, 이재용 부회장 가석방 이후의 대한민국 경제가 얼마나 달라질 것인지 지켜보기만 할 따름이다. 부디 가방끈이 짧은 나의 시기이며, 피해의식이며, 졸견이기를 간절히, 아주 간절히 바란다.

2021. 8. 9.

두 갈래의 길 그리고 사드

남한산성에 대한 포위 작전 태세를 완성한 청군이 만약 이월 하순까지 '고사(枯死) 작전'을 지속했다면 과연 어떤 일이 벌어졌을까? 아마도 대량의 아사자가 발생하는 등 상상만으로도 끔찍하기 이를 데 없는 참극이 연출되었을 것이다. 그러나 다행스럽게도 그런 참극은 일어나지 않았다. 전쟁은 남한산성의 식량이 떨어지기 훨씬 전인 정축년 정월 30일(1637년 2월 24일)에 끝이 났다. 이날 인조가 남한산성에서의 농성을 포기하고 삼전도로 나와 홍타이지에게 항복했기 때문이다. 느긋하게 시간을 보내는 고사 작전이 청군의 입장에서 가장 유리할뿐더러 충분히 실행 가능했다는 점에 비추어보자면, 병자호란이 남한산성의 조선군이 고사하기 전에 막을 내린 것은 오히려 뜻밖의 결말이었으며 조선으로서는 매우 다행스러운 일이었다고 할 만하다.

구범진, 『병자호란, 홍타이지의 전쟁』, 까치, 222쪽

2016년 경상북도 성주군에 사드(THAAD/고고도방어체계) 도입을 두고 갑론을박이 일어난 사실이 있다. 논쟁의 요는 한반도 방위를 위해서 필요하다는 찬성파와 지역사회와 외교관계 갈등을 우려한 반대파의 논쟁이었다. 지리한 논쟁이 한동안 소강상태에 접어들었을 무렵, 소설 『남한산성』의 작가 김훈 선생이 JTBC 뉴스룸에 나와 손석희 사장과의 대담 중 병자호란에 대해 논하며 했던 말이 있다. "내가 그 시대에 태어나서, 과거에 급제하여 종9품이라도 돼서 임금을 따라 그 성안에 들어갔다면 나는 어떤 인간이었을까 싶었습니다. 내가 그 생각을 하면 아무 해답은 안 나오고 등에서 진땀만 흘렀습니다. 다만 그로부터 400년 후에 태어난 운명을 고맙게 생각할 뿐이지요."

인조의 절화교서(絶和敎書)가 명분이 되어 시작된 병자호란은 조선의 비극이었다. 조선이 약소국은 아니었으나, 병자호란 이전에 치렀던 정묘호란을 전쟁의 전략으로 삼았기에, 속전속결로 쳐들어온 청의 기병을 제때 방어하지 못했다. 물론 청의 홍타이지는 자신이 동원할 수 있는 최대한의 병력을 동원하여 조선을 침공했기 때문에, 전술을 바로잡아도 애당초 중앙군 체제가 아닌, 지방군의 근왕 목적의 군대를 갖고는 승기를 잡기란 어려운 일이었을 것이다.

나는 김훈 선생이 인터뷰를 한 지 수년이 지난 지금까지도,

최명길이냐 김상헌이냐를 종종 고민한다. 수백의 기병에 겁을 먹어 강화도 파천을 포기하고 남한산성으로 간 것과 같은 수많은 실책과 정황을 차치하더라도, 내가 만일 남한산성에 들어간 말단 관직이었다면 어떤 상소를 바쳤을까를 생각한다. 그리고 나는 내가 사드 논쟁에서 어떤 태도를 취했는가를 역시 반추하게 된다. 그러나 나의 졸견은 최명길과 김상헌과 감히 비교할 수 없을 만큼, 비겁하고 너절하다.

사드를 포함하여 어떠한 병기가 군에 필요하다면, 재정에 빚을 지더라도 구비하는 것이 옳은 일이라고 생각한다. 그러나 지역사회의 반발이 거세고, 꼭 필요한 병기인지 의문이 든다면(예: 한국 해군의 항공모함) 무리하여 도입할 필요는 없다고 생각한다. 더불어 주변국과의 실리를 고려한다면 더욱 그렇다. 그러나 주변국이 우리나라의 국방에 일에 간섭하는 것은 주권 국가로서 자존심이 상하는 일이 아니겠나. 나는 결국 사드에 관한 논쟁은 자강이냐 화친이냐가 아니라고 생각했다.

사드 논쟁은 그저 친미냐 친중이냐 하는 사대의 선택지였을 뿐, 자강의 길은 본디 없었다. 물론 지역사회와 풀뿌리 민주주의는 보이지도 않았다. 나는 사드가 북의 비대칭전력 위협으로부터 한강 이남을 확실히 방어할 수 있고, 중국이 이를 문제 삼아 몽니를 부린다면, 무리를 해서라도 사드를 설치해야 한다고 할 것이다. 그러나 사드의 효용성을 확신할 수 없고 작금과 같이 미국이 방위비 협상금을 담보로 위악을 저지르고 있다면 손해를 무릅쓰고 반대를 했을 것이다. 이러한 생각을 하니, 상기 김훈의 말이 와닿는다. 당시에 정치를 하지 않았던 나의 신세에 대해서 고맙게 생각할 뿐, 진땀만 흘리게 되는 것이다.

그러니 항복 문서를 작성하던 최명길의 소신과 그 문서를 찢었던 김상헌의 소신이 사뭇 대단히 느껴진다. 또한 이러한 소신 없이 목소리만 높이던 민주진영의 국회의원들과 색깔론으로 일관하던 보수진영의 국회의원들의 용기 또한 대단하게 여겨진다. 그러나 나 역시 그네들과 크게 다르지 않다. 결국 남한산성의 목전까지 들어온 청군을 보며, 종묘사직을 구해야 한다고 해야겠으나 역적 취급하는 사대부들 앞에서 죽음이 두려워 세월 좋은 이야기만 하다 책임의 맨 뒷줄에 자리했을 것만 같다.

2021. 6. 25.

나를 사랑하는 노래

한 줌의 흙에 침을 흘려 빚어 본

어머니 얼굴 우는 모습만 같아

마음 아파하노라

장난하듯이 엄마를 업어 보니

너무 가벼워 참을 수 없는 눈물

세 걸음 걷지 못해

이시카와 타쿠보쿠, 「나를 사랑하는 노래」 중

수년 전 고등학교 시절에도 새벽 산책을 즐겼는데, 군 복무 탓에 요즈음은 그렇지 못했다. 가끔 당직근무를 설 때 1시간가량 순찰을 도는 것이 그간 새벽 산책의 전부였다. 그런 탓에 오랜만에 휴가를 나와 새벽에 산책을 다녀왔다. 과거에는 새벽에도 유흥가가 소란스러웠는데, 요즘은 도시 전체가 승복의 빛을 띠고 있다. 소란스럽지 않은 도시가 사뭇 낯설다. 휴가를 나온 이후 새벽 산책은 두 번 다녀왔는데, 두 번 산책을 하는 동안 똑같은 지점에서 마주친 모녀(母女)가 있었다.

딸은 휠체어를 타고 있었고, 지체장애를 앓고 있는 것처럼 보였다. 어미는 새벽 공기를 맡으며, 대답 없는 딸에게 질문을 하고 있었다. 어미는 가수 멜로망스의 노래를 작게 틀어 놓았는데, 딸도 즐거워 보였다. 그 모녀를 앞질러 걷다 보니, 문득 내가 살고 있는 동백도 장애인들의 보행 여건이 보장되지 않고 있다는 것을 느꼈다. 휠체어를 이끌기에는 언덕이 높았고, 계단이 많았다. 경사가 가팔랐고, 어미가 이끌기에는 경사의 길이 길었다. 그럼에도 불구하고 어미는 능숙하게 길을 이끌었고, 행복해 보였다. 딸도 필히 행복할 것이다.

나의 어미는 1년 만의 휴가로 집에 잠시 복귀한 내게 불쑥 "자신이 늙게 되면, 네가 어렸을 적 어미가 해 준 것처럼 친절하게 대해 달라"고 했다. 나는 덧없는 이야기를 한다고 생각했다. 그러나 어미는 내게 외조모가 치매약을 복용하고 있다고 말해 왔다. 나는 아주 놀랐고, 그 길로 외조모를 뵈러 갔다. 다행히 외조모는 건강에 크게 문제는 없었으나, 다소 염려되는 모습도 보였다. 나는 외조모에 10일이 월급날이니 손자가 용돈이나 좀 주겠다고 했다. 외조모는 좋아하며, 코로나(사회적 거리두기)가 풀려 노인회관에 갈 수 있게 된다면 자랑하겠다고 이야기했다.

집에 돌아와 한참을 잠심했다. 길지 않은 시간이 지나고, 나는 내가 치매에 관해서 아무것도 모른다는 사실을 알았다. 과거 문재인 대통령이 치매국가책임제를 도입하겠다고 공약한 일만 스쳐 지나갔다. 다행스럽게도 치매국가책임제에 대하여 정부기관에서 소상하게 설명해 놓은 페이지가 있었다. 현재로서는 요양서비스를 제공하기보다는, 예방 및 진단과 그 과정 속에서 소모되는 의료비용을 국가가 부담하는 수준인 것으로 보인다. (장기요양에 대한 본인부담금을 완화하여 개선시키는 정책도 병행하고 있다.)

국가는 치매전담형 시설과 병원 설립 및 치매 치료에 필요한 연구개발 투자에 약 2천억 원을 투입하겠다고 한다. 그러나 나는 대한민국의 보건의료의 수준이 2천억 원만큼 발전하리라 생각하지 않는다. 작금의 공직사회와 보건의료계의 격론을 지켜보고 있노라면, 얼마나 정책을 내실화할 수 있겠는가 하는 의문점이 든다. 이국종 교수는 신문지상을 이용해 외상센터에는 매일매일 세월호가 터지고 있고, 예산이 어디로 가는지 지켜봐 달라고 부탁했다.

하루에도 몇 번씩 이슈가 이슈를 잡아먹는 다이내믹 코리아에서, 장기적인 정책이라는 것이 실현 가능한 것인가, 말장난은 아닌가 하는 생각도 든다. 나는 지금까지 정쟁(政爭)을 사갈시하는 관점에 대해서 회의적이었다. 민주주의는 늘 싸우는 것이고, 싸워야만 한다고 생각했다. 그러나 작금에 와서는 나의 이러한 졸견이 얼마나 어리석었는가를 생각한다. 그 정쟁(政爭) 속에 얼마나 많은 환자들이 죽어 갔겠는가.

그럼에도 불구하고 나는 그저 나의 외조모의 병세가 깊어지기 전에, 국가의 중장기적인 치매복지정책이 정상적으로 뿌리 내리기를 바랄 뿐이다. 의사가 아니어서 나의 외조모를 돌볼 수 없고, 성직자가 아니어서 기도해 줄 수도 없어 오직 쓰기만 하는 내가 원망스러운 새벽이다.

2020. 9. 13.

"밥을 먹이다"라는 것

다음 주에는 5일 내내 저녁 약속이 있다. 월요일과 수요일에는 평소 알고 지내던 사회복지직렬과 보건직렬, 일반행정직렬의 젊은 직원들과, 화요일에는 간부 공무원과, 목요일과 금요일에는 각 부서의 송환영식이 있다. 이들과 함께 저녁을 먹는 이유는 내가 회사를 떠나기 때문이다. 나는 이 강행군을 무사히 마칠 수 있을 것인가 하는 생각이 들었다. 그러다 문득, 떠나는 사람에게 '밥을 먹이는' 개념이 생경하게 느껴졌다. 우리는 왜 이별을 앞둔 사람과 함께 밥을 먹는 것일까.

유학을 앞둔 학생에게 김치찌개와 된장찌개를 먹이고, 군 입대를 앞둔 아들에게 짬밥 식단에서는 볼 수 없는 음식을 먹인다. 근무지를 떠나는 직원에게는 주로 고기와 곁들인 식사를 먹인다. 나는 이를 두고, 사람에게 있어 필수 요소인 의식주 중에서 유일하게 공유가 가능한 식사를 선택한 것이 아니런가 하는 생각이 들었다. 그러나 이것은 두고두고 생각해 보아도 참 기묘한 일이다. 일주일 중에 닷새를 만나고, 때로는 가족들보다 시간을 많이 보내며, 더 많은 식사를 함께했던 직장 동료들에게 '일상의 식사'와 '이별의 식사'를 구분하는 것은 참으로 아리송하다.

고백하자면, 나는 먹는 일에 취미가 없다. '맛있는 무언가를 먹고 싶다.'라는 생각을 해 본 일이 별로 없다. 배가 고팠던 적은 있지만, 그렇다고 특별하게 맛있는 음식을 앞에 두고 과식을 하지는 않는다. 나는 혼자서 끼니를 해결할 때면, 라면이나 즉석 식품을 자주 먹는다. 나에게 먹는다는 행위는 '배고픔'을 해결하는 수단이다. 이러니, 맛에 대한 문턱도 그리 높지 않고, 실험적인 음식 역시 쉽게 먹지 않는다.

반면, 나의 회사에는 미식가(美食家)를 자처하는 사람들이 몇 있다. 주로 시민이 낸 세금을 받아서 업무를 추진한다는 명목으로, 관내의 온갖 식당들을 돌아다니며 음식을 섭취하는데, 나는 이들을 보며 "삼식이들마냥 밥을 먹으러 출근을 하는구나."라고 생각했다. 나는 그들 앞에서는 "상당한 미식가이십니다."라고 칭찬하는데, 나의 칭찬을 들은 사람들은 아주 흡족한 표정을 지으며, 묻지도 않은 음식 이야기를 꺼내어 떠든다.

회의 기간에는 아예 공식적으로 끼니를 해결하겠다는 공문을 올려서 결재를 득한다. 나는 왜 시장이나, 의원이나, 과장부터 말단 공무원까지의 식사를 세금으로 해결하는지 당최 알 수 없다. 희극적인 대목은 불행하게도 이어지는데, 보통 식사대금을 세금으로 결제함에도 불구하고, 사람들은 이렇게 인사한다.

"○○○(위원장, 의장, 의원, 과장 등등...)님 잘 먹었습니다."

인사를 하지 않으면, 선배들은 나를 불러다가 "○○○ 님께 잘 먹었다고 인사했느냐."라고 묻는다. 식사를 한 사람들 중에서는 누구도 호주머니에서 돈을 꺼내 값을 지불하지 않았는데, 나는 누구에게 감사를 표해야 하는지 몰랐다. 나는 그다음부터는 세금을 사용하는 식사 자리에는 참석하지 않는다. 사람들은 식사를 하러 가지 않는 나를 보며 지겹다는 듯이 "또 아프냐?"라고 묻는다. 이 꼴을 보고 있자면, 멀쩡한 사람도 아프다.

그러니, 내게 있어 먹는다는 행위는 썩 긍정적인 개념의 동사가 아니었다. 나는 회사에 들어와서도 혼밥을 즐겼다. 과거 동 사무소에서 근무할 때에는 퇴근하고 나서 1인 테이블이 있는 술집에 가서 맥주와 꼬치를 시켜 먹었고, 이어폰을 귀에 꽂고, 책을 읽었다. 누가 보면 "주접을 떤다"고 하겠으나, 그 시간이 내게는 참으로 독립적이고 생존적인 시간이었다.

그러다 요즘 부쩍 늘어난 저녁 식사 약속을 보며 느끼는 바가 많았다. 나는 오래전부터 식사 약속을 잡는 사람을 보며 '이 사람은 나와 귀한 일상을 함께 보내도, 괜찮은가?' 하는 의문이 들었다. 식사 자리라고 해서 특별한 이야기가 오고 가는 일은 거의 없다. 이미 알고 있는 이야기를 하거나, 이미 들은 이야기를 하는 것이다. 바뀐 것은 장소, 그리고 숟가락과 젓가락을 든 손의 분주함뿐이다.

그러나 지난 금요일 함께 근무했던 동사무소의 선배·동료 들과의 식사 자리에서 추운 날에 뜨거운 국물을 함께 마시는 것은 음식과 시간, 그 이상의 것을 공유한다는 사실을 알았다. 20세기 동유럽의 가난한 농민들과 노동계급이, 1920년대 폴란드의 유대인들이 절인 청어를 나눠 먹고, 가족을 비롯한 공동체와 김장을 지으며 김치를 나눠 먹는 한국 사람들처럼 "어려운 상황에도 식사를 함께한다."라는 표현 자체가 상대방에 대한 호감의 발현인 것이다. 물론 이 사실은 내가 마치 원래 없었던 개념을 새로이 발견한 것은 아니다. (음식평론가인 비 윌슨은 '인류에게는 언제까지나 부엌 도구가 있을 것이다. 불과 손과 칼, 우리는 언제까지나 이것들을 가지고 살 것이다.'라고 적었다.)

다만, 그동안 나의 무심함 속에 가려진, 사람들의 마음을 떠날 시간이 되어서야 들여다보게 된 것이라 할 것이다. 선배들은 나의 안타까움을 미리 알지 못했다며 내게 사과했고, 진심으로 마음 아파했다. 그러나 선배들이 미리 알지 못했던 이유 역시 내가 식사 자리를 기피했기 때문이었다. 그럼에도 불구하고 나의 탓을 하지 않았다. 몇몇은 이별하는 나를 두고 눈물을 보였고, 씩씩하게 응원한 사람도 있었다.

남들 다 먹는 하루 세끼. 그중 한 끼조차 비싸게 굴었던 지난날의 과오가 온몸으로 다가와 얼굴이 벌겋게 달아올랐다. 나는 지난 안성에서 근무했던 3년 6개월이 지나고, 떠나는 날이 문턱으로 다가와서야 밥을 함께 먹는다는 것의 의미를 알았다. 죄 많은 인생에 넘치는 복이었다.

지난 금요일, 더불어민주당의 황윤희 의원이 나를 불러다가 길지 않은 편지를 전달했다. 어디 가서든 역량을 잘 발휘해 사회에 큰 보탬이 되길 바라며, 식단을 바꿔 건강하라는 당부의 글이 적혀 있었다.

앞으로 내게 밥을 함께 '먹는다.'라는 동사는 다른 의미를 갖게 될 것만 같다.

2025. 2. 15.

화투

늦은 저녁, 보일러실 *끄트머리*에 딸린 발코니에 나가 보면 볼품없는 풍경이 있는데, 거기에는 작은 농막이 보인다. 그 농막은 낮에는 실내가 어두워 안이 보이지 않고, 늦은 저녁에서야 농막 안에 있는 형광등이 켜져 사람들의 형체가 보이는 신기한 가건물이다. 해가 서산에 기울면, 여인네들 몇이 농막으로 모여 화투를 친다. 베란다 문을 닫으면 소리가 들리지 않지만, 베란다 문을 열고 발코니에 나가면 여인네들의 깔깔대는 소리가 확연하게 들린다.

사내들의 모습은 보이지 않는다. 정확히 알 수는 없으나, 여인들은 가사에서 농사에서 잠시 벗어나 집안에서 몸 하나 까딱이지 않는 영감들을 욕하며 삼팔광땡을 바랄 것이다. 소주나 맥주는 보이지 않고, 천박한 노랫소리도 들리지 않는다. 현행법은 이를 불법(도박) 내지는 오락행위로 볼 것이다. 그러나 이는 정확히 알 수 없는데 도박에 대한 사법부의 판단은 제각각이었기 때문이다.

어떤 때에는 점당 100원짜리 화투를 한 행위를 두고, 유죄를 선고한 적이 있었고, 어떤 때에는 점당 1,000원짜리 훌라(카드 게임의 일종)를 한 행위를 두고 오락행위로 보아 무죄를 선고한 적이 있었다. 전자의 경우에는 기초생활수급자였던 피고인에게 100원의 가치는 크기 때문에, 오락이 아니라는 것이었고, 후자의 경우에는 피고인이 7억 원 상당의 주택과 1억 원 상당의 엽전을 보유한 자산가였기 때문에 오락이었다는 것이 사법부의 판단이었다.

기초생활수급자에게는 점당 100원만큼의 오락할 자격도 인정할 수 없다는 것이, 이 나라 검사와 판사, 온갖 행정의 판단이었을 것이다.

한편, 장로교회에서 권사 안수를 받은 나의 외조모는 나이가 여든이 훌쩍 넘었지만, 아직 노인정에서 화투를 즐긴다. 몇 해 전에는 노인정에서 박근혜 전 대통령을 지지하는 노인들과 다퉈 한동안 노인정에 나가지 않았지만, 손주가 공무원이 되고 난 후에는 다시 노인정에 나갔다. 노인정에 가서는 손주가 대한민국에서 가장 높은 공무원이라고 자랑을 하다, 시비에 걸려 또 다퉜다. (나의 외가 사람들은 싸움을 피하지 않는 습성이 있다. 나는 그 습성을 딱 절반만 닮았다.)

일 년 전 나의 어머니는 할머니에게 "손주가 진급했다. 9급에서 8급으로."라고 말하자, 나의 할머니는 어머니에게 "9급이 제일 높은 것 아니었어?"라고 되물었다.

나는 모친으로부터 이 말을 전해 듣고 꺽꺽대며 웃었다.

할머니는 자신의 딸과 사위에게 화투를 배웠는데, 나의 어머니는 할머니가 분명 점수가 났는데도, 가르쳐 주지 않았다. 그러다 할머니는 고도리를 알게 되었고, 그다음부터는 새를 쫓는 포수처럼, 귀신같이 고도리만 잡아 점수를 만들어 냈다. 어머니나 아버지는 나와 같이 주색잡기에 능하지 않아 금방 할머니에게 호주머니 동전을 모두 내주고 말았다.

나는 화투를 할 줄 몰라, 할머니와 화투를 하지 못한다. 화투 족보를 외운다면, 금방 외워 내겠으나 그러지 못한다. 나는 할아버지가 일찍 세상을 등져, 애주가였던 할아버지와 대작하지 못하는 신세를 종종 한탄하는데, 마찬가지로 내가 화투를 배우지 않는 것을 종종 한탄하게 될 것이라고 직감적으로 느낀다.

나는 나의 할머니가 왜 화투를 하는가를 생각했다. 나의 할머니는 초등학교에 입학해야 하는 나이에 한국전쟁이 발발했고, 한국전쟁 중 가옥의 지하에서 2년을 숨어 살았다. 결국 할머니는 글을 깨우치지 못했다. 할머니는 글 한 줄 읽지 못했지만, 할

아버지의 사업을 훌륭하게 내조했고 자식들을 모두 키워 냈다. 할아버지가 세상을 떠난 뒤에도 일을 손에서 놓지 않았다. 일흔이 넘어서도 초급 공무원만큼의 월급을 받았다.

그러다 병을 얻었고, 할머니가 할 수 있는 여가는 마땅치 않았다. 나는 노인들의 화투 행위가 대한민국 노인복지의 현실을 보여 준다고 생각한다. 우리 사회는 노인들이 할 수 있는 것이 없다. 키오스크의 문턱조차 넘지 못하여, 커피 한 잔 시키지 못해 젊은이들의 눈총을 사는 노인들은 셀 수도 없이 많다.

유럽의 어느 나라에서는 시골 단위 주민센터의 교양강의로 "고대 이집트어 번역 중급반"과 같은 강좌가 열리면, 대번에 매진이 되는 것은 물론이고 교양강좌에 참여한 노인들의 열의도 대단하다는 글을 본 적이 있다. 그러나 우리 사회의 노인들이 즐길 수 있는 여가를 생각해 보면 불행을 넘어 서글퍼지는 감정이 든다. 노인들은 자극적인 정치 유튜버와 화투놀이, 혹은 무료 지하철을 탑승하고 정처 없이 여정을 떠나는 것 외에는 마땅한 여가라고 불릴 것이 없다.

BTS, 봉준호, 손흥민을 앞세워 문화 창달의 국가가 되었다고 자축하는 대한민국의 이면은 얼마나 어두운가. 이러한 노인 복지 문제는 노인 빈곤과도 상당히 결부되어 있는데, 사실상 기초연금 하나에 의존하고 있는 노인 빈곤 문제를 들여다보면 당최 어디서부터 손을 대야 할지 막막할 뿐이다.

1인당 34만 2,510원으로 한 달을 지내야 하는 노인들에게 '고대 이집트어 번역 중급반'과 같은 여가는 꿈같은 이야기다.

나는 요즘 나주시립합창단의 정기연주회 영상을 자주 보는데, 이 공연을 보기 위하여 나주에 가도 좋겠다는 생각을 했다. 그러다 전남 나주시의 재정 규모나 도시의 발달 정도를 생각했는데, 나주시 정도의 중소도시에서 시립합창단이 있다는 사실 자체가 지역 사회에 있어 상당한 복지일 것이라고 느꼈다. 그리하여 나는 더 나아가 전국 지방자치단체에 문화예술단을 의무적으로 설치해야 한다는 생각이 들었다.

시립합창단, 군립악단, 구립극단….

명문대학 음악대학, 미술대학, 연극대학을 졸업하고도 입시학원에서 강의를 하거나 악기나 붓을 파는 일 없이 지역 사회에 함께 동화되어 창작활동을 할 수 있으니 예술가들의 입장에서도 나쁠 것이 없고, 노인들에게는 더 이상 화투와 유튜브 없이도 여가를 보낼 수 있으니 좋겠다는 생각이 들었다.

나는 결국 이제는 불이 꺼진 농막을 바라보며, 점당 100원의 화투를 치는 빈곤한 노인이 불법행위를 저지른 것이 아니라, 빈곤한 노인이 즐길 여가가 화투 외에는 없는 이 사회가 스스로의 책무를 지키지 않은 것이라는 결론을 내릴 수밖에 없었다. 인구는 줄어 노인이 많아지는 세상이건만, 어째서 나라의 국훈(國訓)은 '각자도생'이 되어 가는지 서글프다.

2025. 4. 19.

속되고 속되다, 세상만사 속되다

어제는 팀의 회식이 있었다. 중간 규모의 행사를 무사히 끝마쳤으니 서로의 노고를 치하하고, 곧 부서 내 전보인사를 앞둔 팀원끼리의 인사 차원에서의 자리였다고 이해한다. 9시 전에 회식 자리를 끝내자는 팀장의 공약은 우연히 합석한 지역 정치인으로 인해 지켜지지 못했다. 10시가 넘어서야 끝난 회식 자리에서 팀장은 내내 직원들을 위해 고기를 직접 구웠다.

팀장은 열의가 강한 사람이다. 억지로 겸손한 척을 하지 않고, 때로는 야망을 드러낸다. 그러나 의원들 앞에서는 욕심을 드러내지 않고, 자신의 열의로서 이를 드러내는데 때문에 때때로 부하직원들이 곤란함을 겪기도 한다. 팀장의 열의란 그저 심정적인 결심에만 그치지는 않는다. 그런 까닭에 나는 팀장이 일을 대하는 태도를 두고 보통의 직장인과는 다르다고 보아 사뭇 인상적인 지점이 많았다. 다만 의회라는 조직의 특수한 성격 탓에 직무의 범위를 두고 나와 몇 번 논쟁이 있었으나, 이 논쟁이 감정적으로 확산되지는 않았다. 나는 그가 이미 논쟁을 즐긴다는 점에서 보통의 권위적인 공무원과는 결이 다르다고 느낀다.

팀장은 나름대로 부하직원들과 잘 지내려고 노력한다. 타율이 높지는 않지만, 자주 농담을 건네기도 하고, 때로는 본인이 희생을 감수하려고도 한다. 또한 비교적 중한 업무라 생각되면, 실무자처럼 업무에 임하기도 한다. 팀장은 기본적으로 의회에 애정이 있는 사람인데, 나는 본인의 주장과는 달리 그가 의회주의자라고 생각하지는 않는다. 의회에 애정이 있는 것과 의회주의는 결이 다르다고 본다. 광주는 전반적으로 의회주의자가 생존하기에 어려운 환경이다.

결론적으로 나와 팀장은 큰 틀에서는 같으나, 세부적으로는 이견이 많다. 팀장과 강릉을 오가는 버스 안에서, 그리고 크고 작은 자리에서 여러 차례 대화를 나눈 끝에 내린 결론이다. 오늘도 비교적 큰 규모의 행사가 있었다. 팀장은 저녁 시간에 행사에 참여할 의원과 직원을 위해 김밥을 준비하자고 요구했다. 나는 약간의 싫은 티를 냈으나, 곧장 의원들과 직원들이 먹을 김밥을 사러 나갔다.

어젯밤에는 이불을 덮었는데도 선선한 기운이 생경했다. 아니나 다를까 아침부터 공기가 차가웠다. 점심부터는 비가 내렸다. 김밥집으로 향하던 중, 비를 맞으며 걷는 노인이 있었다. 나는 우산을 건넬 생각으로 노인에게 "어머니, 날이 춥습니다."라고 말했다. 그러나 노인은 뜻밖의 말로 답했다.

"길을 잃어버렸어요. 집이 어디인지 모르겠어요."

나는 여인에게 집은 어디인지, 신분증은 있는지를 물었으나 여인은 중언부언하며 답을 이어 나가지 못했다. 전남 함평, 광주, 밀목 여러 지명이 들렸으나 자신이 살고 있는 집을 명확하게 말하지 못했다. 나는 일단 의회 건물로 그녀를 안내하며, 경찰에 알렸다. 신고센터에서 근무하는 경찰관은 내게 그녀가 섬망 증상이 있는지를 물었고, 나는 제때 답하지 못했다. 경찰관은 그녀가 다친 곳은 없는지를 물었고, 나는 그제야 그녀의 옷가지나 다친 흔적은 없는지를 살펴보았다.

나는 의회 부속실에 딸린 응접실로 그녀를 안내했다. 부속실에는 김종희 비서관이 근무하는데, 그는 모든 사람에게 지지를 받는 사람이다. 그는 시청에서도, 의회에서도 깊은 신뢰를 받아 8급 서기로 전입 후 7급 주사보로 승진하여 의장비서관으로 보임했다. 윗사람에게는 엄격하게 예절을 차리고, 아랫사람에게도 쉽게 하대하는 법이 없어, 신뢰할 수 있는 사람이다.

나는 그에게 경찰관이 도착하기 전까지 여인의 처우를 부탁했다. 나는 다시 왔던 길을 되돌아가 김밥을 사러 갔다. 김밥 열다섯 줄을 사고 돌아가니, 젊은 경장 한 명과 순경 한 명이 의회에 도착하여 여인에게 이런저런 사정을 물었고, 김종희 비서관은 근처 요양병원에 전화를 돌리고 있었다. 나는 끝까지 잘 부탁한다는 인사를 전하고, 나의 사무실로 돌아갔다.

3시간쯤 지나서, 경찰관으로부터 여인을 보호자에게 인계하였다는 문자메시지를 받았다. 신고자에게 사건 처리의 결과를 알려 줄 의무는 없겠으나, 소상히 일러 준 경찰관의 마음이 유심하다는 생각이 들었다. 한편으로는 선의의 신고를 한 시민들이 자신들의 신고 결과를 묻기 위하여 얼마큼의 전화를 걸었을까를 떠올렸다.

뒤늦은 고백이지만, 나는 김밥집으로 가는 길목에서 우산 없이 걷는 그녀를 50미터 거리에서부터 보았다. 그리고 50미터를 걷는 내내 고민했다. 그녀를 지나칠 것인가, 우산만 건넬 것인가. 우산을 건네고 비를 맞으며 김밥을 사러 갈 것인가. 아니면 다시 우산을 가지러 사무실로 되돌아갈 것인가.

나는 이 속된 고민이 부끄럽지는 않다. 그저 세상 속에 사니, 속되게 산다고 생각한다. 나는 이것이 어찌할 도리가 없다고 본다. 물이 아닌, 찰바닥거리는 소리 때문에 신발이 젖은 듯 쉽게 신경질을 내고, 어찌할 수 없는 날씨를 탓하며 원망을 한다. 경솔한 사람들이 물으면, 소이부답하며 가까스로 인고의 위기를 넘긴다. 그렇게 산다. 언제나 성스러운 순간을 마주할 수는 없는 노릇이다.

　한 여성 의원은 배가 부르다며 내가 비를 맞으며 사 온 김밥을 먹지 않겠다고 했다. 팀장은 이 말을 듣고, 분명 행사장에 가서 김밥을 찾을 위인이라며, 내게 따로 챙겨 놓으라고 말했다. 그 의원은 행사장에 도착하자마자 김밥을 찾았다. 내가 그 말을 듣고 웃음을 참지 못하자, 김종희 비서관은 무슨 일이냐 물었다. 나는 "신앙심이 흔들려서요."라고 답했고, 그도 웃었다. 속된 세상에서 속되게 산다.

2025. 9. 20.

광복과 노동

　오늘은 광복절이다. 국경일이자 공휴일로 대부분의 노동자에게는 휴일이었으나 불행하게도 내게는 아니었다. 광복절 참배식에 참석하는 지방의원들의 의전을 해야 했다. 공휴일에 휴식을 취하지 못하는 직업은 나뿐만은 아니다. 경계근무를 서야 하는 군인, 치안과 안전을 유지해야 하는 경찰과 소방, 응급실에서 근무하는 의료인 등 남들을 위해 일하는 사람들은 많다. 그러나 내가 아쉬운 대목은 나도 이 사회와 사람들에게 보탬이 되는 일을 하며 공휴일에 출근을 하면 좋았겠다는 약간의 회한이 있을 뿐이다.

　광복절 기념행사는 지방자치단체 단위에서 비교적 규모가 큰 행사이다. 그리하여 많은 사람들이 모였고, 엄숙한 분위기가 유지되었다. 시장은 평소에도 대본 없이 연설을 즐기는 사람이었으나, 오늘만큼은 원고를 충실히 읽어 나갔다. 국회의원들은 역시 달변가였다. 소병훈 의원의 경우 연설을 길게 하는데도, 주어와 술어가 틀리지 않은 상태로 긴 호흡을 유지했다. 안태준 의원의 경우에도 불필요한 말 대신 정돈된 언어로 차분하게 연설을 이어 나갔다.

문제는 우리 사장이었다. 하필이면 축사의 맨 마지막 순서가 시의회의장의 축사였다. 사장은 수행비서가 써 준 대본(공직사회에서는 '말씀자료'라는 단어를 쓴다)을 더듬거리며 읽다가, 끝내 몇 마디를 덧붙였다.

"여러분, 역사적으로 경제적으로 우리나라를 도와준 나라를 아십니까? 미국입니다. 우리는 미국에 잘해야 합니다."

이게 무슨 소리인가. 계단 한편에 서 있던 세 명의 수행직원은 눈이 동그랗게 커졌다. 나는 얼굴이 화끈거렸다. 광복 80주년 행사에서 나올 말이 아니었다. 나는 어안이 벙벙해서 팀장에게 "우리나라의 광복 행사가 맞습니까. 광복절 행사에서 미국에 사대를 해야 한다니요."라고 말했고, 팀장은 허탈하게 웃었다.

나는 우리 사장에게 인간적인 감정은 없다. 비가 내려 습한 오늘, 정장을 차려입은 내게 고생한다는 말을 덧붙인 사람 좋은 이를 조롱하고 싶은 마음은 없다. 고관대작이 많은 행사장에서 나와 같은 말단직원에게 악수를 건네고, 작은 농담을 건네는 조직의 수장을 만나는 것은 쉽지 않은 일이다.

나는 이것이 조직의 수장 한 명의 문제가 아닌, 공직사회와 지방의회에 깊게 자리한 조직의 문제라고 본다. 광주로 전입한 이후 광주시 행정을 바라보며 내가 느낀 지점은 예스맨들이 지나치게 많다는 것이었다. 나는 윗분들이 예스맨들을 지켜보며, 유능한 사람이라고 생각할 수도 있겠다고 느꼈다. 결국 우리 사장의 흔들리는 지휘의도를 들으며, "안 됩니다."라고 말하는 사람 하나가 없어, 실무관들의 고통은 깊어질 것이다.

나는 그러다 문득, 내가 근무했던 안성시의회가 여러 소란에도 그나마 조직이 무너지지 않고 유지되고 있었던 까닭은 최소한의 야당 역할을 하며 쓴소리를 했던 팀장들이 있기 때문이라고 생각했다.

직원들을 신뢰했고, 그런 직원들과 함께 내린 결론에 대해서는 그 누구에게도 결코 물러서지 않고, 당당하게 맞섰던 심성자 팀장, 때로는 감성으로 때로는 이성으로 의장과 의원에게 몇 날며칠을 끝까지 설득했던 한효경 팀장, 자신을 돌보지는 않았지만 직원들이 당하게 될 불의에는 직을 내놓을 각오를 했던 이화동 팀장. 이들과 함께 근무했던 시간이 내게는 큰 자산이었다는 사실을 계절이 10번 바뀌고 나서야 깨닫는다.

2025. 8. 15.

다양성과 한국 정치

얼마 전에는 과거에 함께 근무했던 직장동료들과 만나서 시간을 보냈는데, 인상 깊었던 대화가 있어 글로 남긴다. 주제의 요는 "다양성을 용인하지 않는 사회 분위기는 그저 시간이 지난다고 해결되지는 않을 것이며, 몇 세대가 지나야 할지조차 알 수 없다."와 같은 것이었다.

한국 사회 전반에 대해서 감히 진단할 마음은 없으나, (기대 수명까지 산다는 전제하에) 앞으로 50년은 한국에서 살아야 할 입장에서는 다소 염려스러운 대목은 있다. 내가 염려하는 대목은 우리 사회가 제3의 의견을 받아들이는 일에 몹시 인색하다는 것이다. 세상 모든 일에 선과 악이 있을 수는 없다. 국내에서 발생하는 모든 현안에 대해 어찌 찬성과 반대만이 있겠는가. 그러나 작금의 한국 사회에서 제3의 의견, 제4의 의견은 그저 말 많은 놈으로 여겨질 따름이다.

보름 전에는 일본에서 참의원(상원) 선거가 있었다. 나는 선거 결과를 보며, 어쩌면 한국이 일본보다 더 보수적인 사회가 되어 갈지도 모른다고 생각했다. ― 세간이 흔히 일본을 우경화된 정치사회라고 평가하는 것을 기반으로 ― 일본의 선거 결과는 적어도 좌와 우로 양분된 이념은 없었다. 다수의 일본인들은 소신투표를 한 것으로 보인다.

일본의 여당인 자유민주당은 비례 정당에서 1위를 차지하긴 했지만, 고작 21.6%를 득표했을 뿐이다. 혁신계열 정당인 국민민주당과 입헌민주당은 각각 12.8%, 12.5%를 득표했고, 진보 정당인 일본공산당과 사회민주당도 당세가 약해지긴 했으나, 원내 진입에 성공했다. 내가 유의미하게 지켜본 선거 결과는 원내 진입한 정당의 개수가 11개에 달한다는 것이었다.

그러니 일본 사회는 설사 자유민주당을 지지하지 않아도, 나머지 80%와 정치적인 견해를 공유하면 된다. 길을 걷는 사람들 10명 중 같은 정당을 지지할 확률은 1~2명도 되지 않는다는 것이다. 말인즉 회식 자리에서, 가족들과의 자리에서, 친구들과의 자리에서, 너는 민주당이냐 국민의힘이냐로 다투지 않아도 된다는 것이다. 정치적인 견해의 차이가 있을 수는 있어도, 그들은 적어도 다양한 선택지를 갖고 있는 상황에서 서로 토론할 것이다.

유시민은 과거(2016), 정당을 선택하는 것을 두고 맞춤정장이 아닌, 기성복을 선택하는 것이기에 있는 정당 중에 골라야 한다는 취지로 발언한 적이 있다. 그때나 지금이나 지식인을 자처하는 사람치고는 비겁한 입장을 가졌다고 생각한다. 나는 유시민이 정치권에 종사했던 사람으로 국민들에게 제공할 기성복 브랜드가 2개밖에 없다는 사실을 부끄러워해야 한다고 생각한다.

현실적으로 더불어민주당과 국민의힘 외에는 선택지가 없다. 이러한 정치 상황을 타개하기 위하여 진보정당의 수많은 정치인들이 연동형 비례대표제를 주장하여 끝내 입법화했지만, 거대 정당은 보란 듯이 비례 위성정당이라는 것을 창당했고 이제는 그러한 정당(政党)행위에 도덕적인 죄책감조차 느끼지 못하는 듯 느껴진다.

중앙정치가 그러하니, 지방정치는 더욱 말할 것도 없다. 2인 이상 중선거구로 선출되는 지방의회 의원의 가장 큰 경쟁자는 다른 정당(혹은 제3당)의 후보자가 아닌, 바로 자신의 공천을 위협하는 신인이다. 이는 결국 지역 사회 내 득표력을 조직하기 위하여 특색 있는 정책이나 이념을 토대로 하는 정치활동을 하기보다는, 그저 당내 당협위원장의 심기를 건드리지 않기 위하여 노력하게 된다.

이러한 양극화된 정치문화의 피해는 지방으로 갈수록 크게 체감되는데, 서울과 달리 각종 사회문화적 인프라조차 갖춰지지 않은 지방 정책에 대한 각종 담론이 실정에 맞지 않는 중앙 정치의 논리를 답습하기 때문이다.

이를테면, 당장 이재명 정부의 민생회복 소비쿠폰을 당장 쓸 만한 곳이 없는 지방의 경우, 영화나 극장, 서점을 비롯한 문화예술이나 혹은 인문이나 역사 등 강의를 들을 만한 교육 시설 또는 각종 스포츠를 체험할 만한 체육 시설조차도 없는 지방에서 이러한 선제적인 문제를 다루지 않는다. 그저 이재명 정부의 민생회복 소비쿠폰이 15만 원이 옳으냐, 아니냐를 두고만 싸운다. ○○시·군·구의회가 아닌 국회로 가고 싶어 하는 정치 꿈나무들의 정돈되지 않은 정치적 상념(대부분 당협위원장들의 생각을 그대로 읽는)들만 가득한 자리가 되어 버리는 것이다.

나는 이와 같이 양극화된 사회 분위기는 그저 정치에 국한하지 않는다고 본다. 국민 대다수의 삶의 가치가 8학군이 되었고, 부동산이 되었다. "부자 되세요."와 같이 맹목적인 구호가 주된 삶의 목적이 된 사회가 과연 정상적이라 할 것인가. 아이들은 꿈이 없고, 청년들은 한탕을 바라는 사회에서 여당은 노무현 대통령의 서거 이후로 십수 년째 검찰개혁만 부르짖고 있다. 더 불행한 것은 국민들이 선택할 수 있는 유일한 야당은 계엄을 옹호하는 정당이라는 것 아닌가.

나에게 리처드 세넷의 책(『불평등 사회의 인간 존중』)을 사 준

누님은 낙관적으로 한국 사회를 전망했다. 누님은 한 세대만 지나도 다양성을 용인하는 사회가 될 것이라고 보았다. 비관적인 사람이 되는 일은 괴로운 일이다. 나는 누님이 골라 준 책을 들었다 놓았다 하며 다가오는 월요일을 애써 보지 못한 척 낙관하고 있다.

> 일요일, 이 글을 올리고 1시간이 지났을까. 어느 여성 의원으로부터 문자가 왔다.
> ○○○ 행사를 참석하고 싶은데, 티켓을 어찌 구해야 하느냐는 문자였다.

2025. 8. 3.

"그래서, 예산은?"이라는 말에 관하여

여기에서 '사회보장'이라는 용어는 실업, 상병이나 사고로 수입이 중단될 때 수입을 대체하고 고령으로 인한 은퇴와 양육자의 사망으로 인한 부양 상실에 대비하며 출생, 사망, 결혼과 같은 이례적인 지출에 대처할 수 있도록 소득을 보장하는 것을 의미한다. 사회보장의 주된 목적은 최저소득의 보장이다. 하지만 소득 제공은 가능한 한 신속하게 소득 중단의 상황을 끝낼 수 있도록 고안된 조치와 함께 이루어져야 한다.

월리엄 베버리지 저, 김윤태 외 2인 역, 『베버리지 보고서』,
사회평론아카데미, 81쪽

나는 평소 단위가 잘고, 사소한 복지 정책에 대해서 반대해 왔다. 저소득층을 대상으로 한 이·미용비 지원, 교통비 지원, 학원비 지원 등이 그렇다. 그러한 바우처와 같은 지원책은 탈수급에 효능이 적다. 정무직 공무원들이 향후 출마할 선거 포스터에나 실어 두기 마땅할 것이다. 그런 탓에 나는 "차라리 목돈을 지급하는 복지정책으로 정책 기조를 선회하자"는 주장을 해 왔다. 탈수급 의지가 분명한 사람들에게 기천만 원 이상의 목돈을 지급한다면, 상당한 탈수급 유인(장려)책이 될 것임에 틀림없기 때문이다.

그러나 늘 예산이 문제였다. 대한민국만 기재부 나라가 아니라, 20만 단위의 작은 고장도 기재부, 예산팀의 도시였다. 그렇다. 돈 문제를 염려하지 않을 수는 없다.

보건복지부가 발간한 『국민기초생활보수급자현황』에 따르면, 2022년 대한민국의 수급 인원의 총수는 2,451,458명이었고, 국민기초생활 수급률은 4.8%였다. 안성의 경우 6,439명이 일반 수급자(시설 수급자 등을 제외)였다.

그렇다면, 안성시에 거주하고 있는 일반 수급자에게 앞서 언급한 '목돈'을 지급한다면 어떨까. 첫해에는 3,000만 원, 다음 해에는 2,000만 원, 그다음 해에는 마지막으로 1,000만 원을 지급한다고 치자. 1인당 6,000만 원이 소요될 것이고, 여기에 관내 거주하고 있는 수급자 총수를 곱하면 3년간 총 3,863억 4,000만 원이라는 천문학적인 예산이 필요할 것이다.

4천억 원에 달하는 돈은 분명히 큰돈이다. 그러나 안성시가 지출하지 못할 규모의 돈은 아니다. 안성시청이 발간한 『2024~2028 안성시 중기지방재정계획』을 보면, 공공청사와 시설에 대한 증축(이전), 건립을 비롯한 토목 사업비만 추려도 약 4,500억 원에 달한다.

물론 이 수치는, 2024년부터 2028년까지의 재정계획이기에 5년간 사용할 예산이라는 것을 고려하여야 한다. 그럼에도 불구하고, 경제성이 의문스럽지만, 셀 수조차 없는 수많은 도로 포장과 도로 확장, 도로 개설에 대한 예산은 아예 계산하지도 않았다는 점에서 안성시의 예산이 부족하다는 말은 용납하기 어렵다.

6천 명이 넘는 저소득층을 빈곤으로부터 벗어나게 해 주기 위한 적극적인 정책에는 예산이 없다는 난색을 표하고, 토목과 건축에만 골몰하는 도시와 행정 당국을 목도하노라면 "복지 사회"를 외치는 것이 공허하다.

수급자를 비롯한 가난한 사람들에게 지출하는 예산을 그저 소모성 예산이라고 치부하는 사람들에게 따져 묻고 싶다. 세상에 수급자가 되고 싶어서 수급자가 되는 사람이 어디 있느냐고. 우리 사회는 스스로의 가난을 증명하며, 수급자가 되기를 선택하고, 수급에 대한 지원이 탈락할까 전전긍긍하고 있는 저소득층의 패배감을 지나칠 정도로 경솔하고 가볍게 받아들이고 있다.

이는 "유전"이니 "노력"이니 하는 문제가 아니다. 사람이 팔을 다치고, 다리를 다치듯 한 사람이 자신의 생에서 가난과 빈곤을 맞이했을 뿐이다.

나는 복지 사회를 외치면서, 토건 사회로 나아가는 관의 양태를 지켜보며, 차라리 시민의 대표들이 자신의 욕망에 솔직하기라도 했다면, 서민들의 깊은 무력감이 이렇듯 크지는 않았을 것이라 생각했다.

평소 사려 깊은 나의 옆자리 동료 주무관은 저소득층에게 물고기를 퍼 주기보다는 물고기를 잡는 법을 가르쳐 주는 것이 마땅하지 않겠냐고 말했다.

나는 그의 말이 퍽 일리가 있다고 보았다. 50년 전 대한민국이었다면.

2024. 8. 13.

대한민국은 서울공화국이다

지난 3월 31일부터 4월 2일까지 전라남도 여수시를 다녀왔다. 지방의회 차원에서 고위직과 하위직 공직자가 필수적으로 이수하여야 하는 교육을 들을 겸 선진지 견학을 다녀온 셈이다. 나는 본디, 선진지 견학을 가지 않으려 애쓴다. 약간의 직업윤리적인 측면도 있으나, 의원을 동반한 연수는 업무의 연장이나 시민들에게 돌아가는 실익이 적기 때문이다. 그러나 그러한 곳을 잘 따라다녀야 유능한 직원 비슷한 취급을 받을 수 있다.

그러니, 이전에는 덜 유능한 직원 취급받는 것을 감내하고도 선진지 견학이라면 온갖 핑계를 만들어 가지 않았다. 제 손으로 숟가락, 젓가락 하나 놓을 줄 모르는 시민의 대표들과 겸상하는 것은 괴로운 일이다. 그런 이유로 광주에서도 가지 않고자 했다. 나는 직장 동료들과는 술을 마시지 않는데, 술자리에서는 취기를 핑계로 구시대적인 공직 관념을 주입하는 경우가 많고, 내 스스로가 이제 술이 몸에 받지 않기 때문이다. 나는 안성에서 술을 마시지 않는다는 이유로 도대체 공무원이 맞느냐는 이야기를 들었고, 까탈스럽고, 예민한 직원이라는 소리를 여러 번 들었다. 그렇기에 '광주에서도 이 이야기를 또 듣게 되겠구나.' 하는 생각을 했다.

그러나 참으로 경솔한 생각이었다. 의원들과 직원들은 취기가 올라도 서로의 선을 넘지 않았다. 사람들은 각자 서로의 기분을 언짢게 만드는 일이 없도록 애쓰고 있었다. 나는 이러한 풍경을 보고, 한동안 말을 잃었다. 풍경을 감탄하는 척하며, 광주에서의 낯선 모습을 감탄하고 있었다.

한편, 나는 의회에 전입한 새 식구이기 때문에 인사를 겸하며 건배 제의를 권유받는데 생수가 든 맥주잔을 들고 "존경하는 의원님들과 선배 동료 공직분들에게 올해에도 변함없는 광주시민들의 지지가 이어지길 축원합니다."라고 들릴 듯 말 듯한 목소리로 건배를 제의했다. 의원들은 목소리가 작다고 웃었고, 전반기에 상임위원장을 역임한 한 의원은 내가 있는 자리로 와서 건배사가 좋았다고 격려했다.

나는 앞으로도 선진지 견학을 몇 번 더 가도 좋겠다는 생각을 했다.

우리는 주로 여수시에 위치한 교육장에서 내내 4대 폭력 등 필수교육을 들었기 때문에, 선진지 견학을 할 시간이 많지는 않았다. 일행들은 교육 시간이 비어 있는 하루의 반나절 정도 틈을 내서, 여수시 이순신 도서관과 여수 엑스포장을 관람했다.

사람들은 여수의 발전 정도나, 규모를 두고 사람이 없다는 표현을 했다. 내가 여수 기행에서 유일하게 일행들에게 공감하지 못했던 대목이 바로 여수에 대한 평가였다. 여수는 26만 명의 인구를 가졌고, 전남의 가장 높은 GRDP(지역 총생산) 수치를 보이는 도시다. 여수는 광주나 안성에 없는 종류의 다양한 일자리를 갖고 있었고, 깨끗하게 정돈된 공동주택단지와 적재적소에 설치된 인프라는 지역 발전의 가능성을 보여 줬다. 일행들이 우려했던, 젊은 사람들이 보이지 않는 이유는 당연히 평일 낮이었기 때문일 것이다.

나는 여수를 비롯한 지역 거점 도시들이 과소평가받을 이유가 없다고 본다. 여수는 과거 여천군-여천시-여수시 3개의 기초자치단체가 통합(이른바 삼여 통합이라고도 한다)하여 출범한 지자체이다. 그렇기 때문에, 통합 이후 소외받는 지역이 발생하지 않도록 균형 발전의 가치가 상당히 중요하다고 할 것인데, 여수시는 이를 충실하게 이행하는 듯싶었다. 앞서 언급한 것처럼 여수는 도시계획에 제법 공을 들인 모습을 보였는데, 이는 국가산단이 위치해 있기 때문이라는 생각도 들었다. 이는 시계가 인접해 있는 광양시와도 유사한 모습이다 ─ 개인적으로 정주요건 측면에서의 도시계획이나 도로망 조성은 광양이 더 낫다고 느낀다. 섬 지역(여수)과 해안 지역(광양)의 차이에서 비롯한 한계는 있었을 것이다.

나는 이순신 도서관을 들어가기 전, 이순신 도서관에서 보이는 아파트 단지를 촬영했는데, 사람들은 특별할 것 없는 아파트 전경을 촬영하는 나의 모습을 생경하게 여겼다. 그러나 이 사진을 두고 위치를 알아맞혀 보라고 했을 때, "전남 여수"라고 답할 사람이 몇 있겠는가를 생각해 보면, 생각의 시선이 달라지는 지점이 있다. 사람들은 당연히 대형/신축 아파트 단지는 서울을 비롯한 수도권에 밀집해 있을 것이라 생각한다.

지방은 지방만의 고유한 특색이 있을 것이라는 기대감이 나쁘다고 할 수는 없다. 그러나 지방에는 보편의 것이 없을 것이라는 생각은 지나치게 서울 중심적인 사고를 고착화하게 만든다. 교육을 주관한 교육업체에서도 삼시 세끼를 모두 여수의 지역색이 강하게 느껴지는 식사를 준비했다. 나는 홍어삼합 집으로 향하던 길목에서 교육실장에게 따져 물었다.

- "여수 사람들이라고 해서 매번, 회나 생선류를 먹는 것은 아닐 텐데…. 이것이 정말 여수의 현지식이라고 할 수 있을까요?"

- *"그래도 여수에 오셨으니, 여기서만 드실 수 있는 것은 드셔야 하지 않겠습니까?"*

나는 지역의 특산물을 홍보하는 일이, 어쩌면 지방발전의 한계로 돌아올 수 있다고 느낀다. 여수에도 중식이나 양식을 잘하는 집이 많을 것이다. 그러나 우리와 같은 많은 관광객들은 그런 보편 취향의 것들은 서울이나 수도권에 비해 못하다는 인식과 결부되어 여수 고유의 지역색이 담긴 음식을 찾는다. 그러나 그러한 인식은 여수의 확장을 억제하는 효과를 낳을 것이다. 이러한 양상은 여수를 비롯하여, 광양, 양산, 군산, 익산, 포항 등 광역시급은 아니지만 지역의 중견도시 이상의 역할을 하는 도시가 적극적으로 외부(인구 등)유입을 꾀하는 데 역시 방해가 될 것이라고 본다.

나는 그러한 대목에서 심술이 자주 난다. 내가 화천에서 군복무하던 시절 5개월 후임으로 나이 많은 연극학도가 들어왔다. 제대한 이후에도 종종 연락을 주고받는데, 그는 내가 포함된 단톡에서 매번 "제발 서울 좀 와라." 하고 말한다. 나는 그를 보러 서울을 몇 번 올라갔으나, 그가 내려온 일은 없었다. 그가 내려오지 않은 까닭은 "그곳엔 뭐가 없어서."였다.

탄핵 이후, 개헌론이 분다. 나는 정치권에서 주장하는 개헌의 당위성과 별개로 개헌을 해야 한다고 본다. 헌법 1조부터 현실과 다르기 때문이다. 헌법 1조를 현실적으로 고친다면, 이렇게 바꿔야 할 것이다.

> *제1조*
> *① 대한민국은 서울공화국이다.*
> *② 대한민국의 주권은 수도권에 있고, 모든 권력은 서울에서부터 나온다.*

그러나 나는 여수를 보고, 저력 있는 지방의 도시를 눈으로 체감할 수 있었다. 그러한 지점에서 역대 진보정권이 추진했던 지방분권 발전 정책은 아쉬움이 많다. 정치권력을 나누려 하지 않으니, 재정도 나누지 않았다. 그저 지방의회 의원들에게 파리 목숨에 가까운 공무원 수십 명에 대한 인사권만 부여한 것에 불과했다.

나아가 공공기관의 지방 이전은 보다 대규모로(나는 서울에 있는 대학을 모두 지방으로 이전하여야 한다고 생각한다), 보다 심층적으로 이뤄졌어야 했다. 광역시를 제외한 중견급 지방 도시에 공격적으로 공공기관을 이전했어야 했다. 그러나 지방분권을 외치는 정부 정책에 스며든 정치적인 손익계산은 결국 죽도 밥도 안 되어 버린 혁신도시만을 낳고 말았다.

우리는 식사를 하고 여수엑스포 전시관으로 향했다. 여수엑스포는 2012년 진작 종료된 행사임에 따라, 건물만이 덩그러니 남아 있었다. 사람들은 건물에 대한 예산과 비어 버린 공실의 경제성을 이야기했다. 그러나 나는 여수엑스포의 전시관 건물이 참 마음에 들었다.

나는 한참 동안 거대한 건물을 바라보다, 또 알 수 없는 지점에서 사진을 하나 찍었다. 사람들은 아파트 전경을 찍을 때와 달리, 이번에는 내게 건물 사진을 왜 찍느냐고 물었고, 나는 쑥스럽다는 듯 "층고가 높은 건물을 좋아해서요."라고 답했다. 나의 대답을 들은 한 선배는 "아, 층고가 높은 건물…" 하며 또 한 번 고개를 끄덕였다.

나는 실제로 층고가 높은 건물을 좋아하는데, 주로 1950~60년대 구소련 지역에서 많이 활용되었던 콘크리트식의 건물 양식과 흡사하기 때문이다. 그러나 건축사나 건축 양식에 대해서는 내가 깊이 알지 못하는 영역임과 동시에 표현하기 어려운 단순한 취향에 가까운 영역이라 자세히 말하기는 어렵다.

한편, 나는 창업을 희망하는 학생들에게 여수엑스포를 사무실로 활용할 수 있도록 무료(혹은 무료에 가까운 금액을 받아) 임대해 주면 어떨까 하는 생각이 들었다. 그러나 정책은 본디 생각은 쉬우나, 활용하기란 어려운 것이다.

　3일간의 일정을 마치고 여수를 회고하였을 때, 지리적으로는 수도권에 위치한 광주에서 여수까지는 차로 3시간 30분이 넘게 걸리는 아주 먼 곳이었다. 그러나 여수도 수도권의 어느 도시처럼 보편의 힘을 갖고 있는 저력 있는 도시임을 느꼈다.

　나는 언젠가 여수를 또 한 번 가게 될 것만 같다.

2025. 4. 10.

막스 베버와 지방의회

막스 베버는 현대의 관점으로 보아도 의회주의자에 가깝다고 느꼈다. 그러나 지방의회에 근무하고 있는 현실을 외면하지 못하는 직업병 같은 것이 있어서, 바이마르 공화국 이전의 독일의 상황을 생각할 때에도 21세기 대한민국, 경기도의 기초의회를 버리지 못했다.

지난주, 한 의원은 젊은 직원을 두고 이른바 "주제넘는다."라고 생각했던 모양이다. 그 젊은 직원은 의원의 온갖 민원을 처리하며, 때로는 사적인 업무도 곧잘 수행했다. 그러나 행정부 직원을 불러 놓고 논의하는 자리에서 의원 자신보다 젊은 직원이 더 열의를 갖고 있는 모습을 보이자 자존심이 상한 모양이었다. 의원은 관리자를 호출한 후, 젊은 직원이 나를 가르치려 든다고 질책했다. 이러한 곡절을 전해 들은 젊은 직원은 상당히 낙담한 듯싶었다.

능력은 부족하지만, 과시는 하고 싶은 정무직. 높은 연봉은 받고 싶지만, 책임은 지고 싶지 않은 관리직. 총체적인 난국이다. 그러나 나는 책임소재의 경중을 다투자면, 나는 관리자에 귀책이 있다고 본다. 자신의 승진과 연봉 인상을 위한 대가로 의원이 지시하는 사적 지시를 수행하는 방법으로 조직의 안정을 해치고 있기 때문이다. 의회사무국이라는 조직 자체를 거대한 비서실로 만드는 것과 다를 바가 없다.

그렇다고 해서 의원은 이러한 문제에 자유로운가. 그 또한 아니다. 사실 대한민국의 지방의회는 풀뿌리 민주주의 역할을 한다기보다는, 정치 꿈나무들의 역할 놀이를 하고 있는 것에 가깝다고 느낀다. 실제 정치적인 신념이나 정책적 사상의 토대 없이 그저 철 지난 '청문회 스타'가 되고 싶어 하는 사람들만 가득하다. 회의장에서 몇 번 소리 지르고, 손가락질하면 오늘도 정의를 위해 싸웠다는 고양감만 가득하다. 지방의원들에게 조례의 법적 성질과, 한계는 백날 가르쳐도 늘지 않지만, 국회의원들이 자신의 보좌진에게 행하는 갑질은 누가 가르치지 않아도 스스로 알고 이행한다. 그러니, 지방의회에 근무하면서도 지방의회 무용론이 들리면 그저 고개를 조아릴 수밖에 없는 일이다.

막스 베버는 '앞으로 제국 의회의 위원회는 포괄적인 연구를 하거나 이에 관한 두툼한 채자를 출간하지 못할 것이다. 의회가 다른 일로 바쁘기 때문이다.'라고 적었다. 그리고, '이런 연구를 시도하고, 절실하게 요구되는 제국 의회의 내부 조직과 그 업무 과정에 관해 국회의원과 논의할라치면 곧장 온갖 종류의 관습적 관례와 이유에 부딪히게 된다. 그 관례와 이유란 다만 닳고 닳은 의회 명사들의 편의, 허영, 욕구, 편견에 따라 만들어진 것이며, 의회의 모든 정치적 행위를 가로막는 걸림돌이다.'라고도 적었다.

불행하게도 21세기 대한민국의 기초의회 단위에서는 전문가들이 원내에 진입하기 어려운 선거구조(선거구제), 정치구조(양당제)를 갖고 있다. 그러니 의회사무기구의 직원들은, 다분히 의원들의 기분에 따라 지시되는 업무를 모두 처리하기 위해 애쓰기보다는, 직원들 자신의 전문성을 기르는 편이 낫다는 것이 나의 생각이다. 이를테면, 예산, 재정, 복지, 안전, 교통 등 자신의 한 분야에 전문성을 길러서 해당 현안에 관심이 생긴 의원이 직원을 찾는 편이 낫다고 느낀다. 애당초 의원들의 흥미란 오래 지속되지 못하고, 지역 유지들의 입김에 쉽게 흔들리기 때문에 현재 구도로서는 의원도 직원도 아무런 전문성을 갖지 못하고, 그저 열심히 일한다는 착각을 하면서 살 수밖에 없다.

2025. 11. 23.

쉬다

동원 훈련

　3일간의 동원 훈련이 끝났다. 예비역 4년 차 일정이 마무리되어, 전쟁이 터지지 않는 이상 군부대에서 숙영하는 일은 이제 없을 것이다. 오랜만에 꺼내 입은 군복이지만, 매번 군복만 입었다 하면, 긴장감이 흐른다. 군 복무 시절 온갖 사건사고를 경험한 탓인지, 알 수 없는 사람들을 또다시 마주해야 한다는 공포감 때문인지는 알지 못한다.

　동원 훈련의 일정은 대대장의 훈화대로 종과 횡으로 촘촘하게 짜여 있었다. 첫날에는 사격훈련을 실시하였는데, 사격을 하던 와중에 탄피가 왼쪽 눈 근처로 튕겨 나와 화상을 입었고, 결국 작은 흉터를 남겼다. 사고 직후에는 피부가 벌겋게 부어올랐고, 통증이 있었다. 사고를 보고받은 대대장은 부하들을 다그쳤고, 3일 내내 나의 안부를 물었다. 나는 평소와 달리 사뭇 사내다운 행동을 하며 대대장을 안심시키고자 했다.

　동원 예비역을 위해, 단 한 번도 사용하지 않은 신형 탄피받

이를 선뜻 내놓은 지휘관에게 사고의 과실을 따져 물을 수는 없다. 군의 물품이 부실한 탓을 일개 지휘관에게 전가하는 것은 결국 머리가 꼬리를 자르는 일이 될 것이며, 소를 잃고 외양간을 고치는 것과 다를 바 없을 것이다. 하물며 나는 전방에 근무하는 무관의 자력(資歷)을 망칠 생각이 전혀 없다.

이튿날에는 새롭게 부여받은 주특기에 맞는 전시상황 훈련을 전개했다. 나는 관측장교인 소위, 관측병 일등병 한 명과 함께 훈련했다. 관측장교는 스물다섯의 젊은 청년이었다. 관측병 역시 스물하나로 앳된 모습을 보였다. 나는 관측장교가 스스로를 소개하는 동안 그의 나이를 듣고, 요연(瞥然)한 표정을 감추지 못했다.

나는 한반도에서 각자의 성기를 갖고 태어난 인류의 고통이 참으로 모질다고 생각했다. 군 복무 시절 보이지 않았던, 초임 장교의 어리숙함이 보였고 앳된 그의 피부가 생경하지만, 가깝게 느껴지는 신기한 체험을 했다. 2024년도에 각각 임관하고, 입대한 현역 군인들은 2019년도에 입대한 나에게 협조를 구하기를 민망해했다.

새벽까지 이어진 훈련에서 우리는 포대 간 의사소통이 원활하지 않아 부대 합류가 지연되고 말았다. 나는 휴식을 취할 수 있을 것이라는 심산으로, "예비역인 내가 길을 잃었다고 보고해라."라고 내게 책임을 전가하라는 식으로 생색을 냈으나, 소대장은 "잠시 휴식을 취하시고, 복귀하시죠. 늦은 건 어쩔 수 없는 일 아니겠습니까. 괜찮습니다."라며 나를 부끄럽게 했다.

그는 이미 한 명의 무관으로 전방부대에서 스스로의 역할을 다하고 있었다. 때로는 내게 조언을 구하기도, 도움을 청하기도 하였지만 본인의 책임에 대해서는 단 한 치도 물러서지 않는 모습이 내심 문관에게서는 찾아보기 어려운 기개라 생각했다. 나는 이러한 감상 속에서 우리 군을 조금 신뢰해도 좋겠다는 생각까지 들었다.

사흗날에는 새벽 1시까지 전개된 훈련이 종료되고 정오까지 휴식이 부여되었다. 그런 와중에 동원 부대에 신병이 배속되는 것을 보았다. 고참들은 신병에게 편히 있으라 당부했지만, 신병은 부동자세를 풀지 않았다. 신병은 키가 아주 작았고, 두꺼운 안경을 끼고 있었다. 머리는 짧았으나, 뒤통수가 눌려 있었다. 자대로 전속을 오는 동안 선잠을 청했을 것이라 생각했다.

그러다 이내 사수 격이 되는 일등병이 신병을 분리수거장으로 데려갔고, 내무생활에 필요한 것들을 전파했다. 나는 분리수거장에 붙어 있는 흡연장에 담배를 피우러 간다는 핑계로 그 대화를 엿들었다. 일등병은 여러 지점에서 어조가 강해졌다. 신병의 목소리는 내리는 빗소리에도 떨림을 감추지 못했다.

두 사내의 대화는 길어졌고, 나는 군 마트(PX)에서 초코소라빵을 하나 사다가, 일등병 사수에게 건넸다. "이야기 중에 미안하지만, 내가 양 조절을 못 해서 빵이 좀 남았다. 처리하기가 어려운데, 부탁해도 괜찮나?"라고 말했고, 일등병은 기꺼이 받겠다며, 거수경례로 감사함을 표했다. 나는 금방 자리를 떠나는 척을 했고, 내가 떠났다고 생각한 일등병은 신병에게 초코소라빵을 건넸다.

오늘 신병은 초코소라빵을 먹을 것이다.

2024. 10. 18.

국궁소년

    이평리와 해월리에 살 때이다. 그때는 KBS에서 사극《불멸의 이순신》을 방영하고 있었는데, 나는 세상에 태어난 지 10년이 안 되었음에도 불구하고 23전 23승을 거둔 백전노장의 심정으로 지냈다. 동네에서 애들을 모아 놓고 놀 때에도 "나를 전라좌수사라고 부르라"고 말했고(지금 보니『모비 딕』의 첫 문장 같아 나쁘지 않다는 생각이 들었다.), 나보다 한두 살 어린 동생(8~9세)을 모아 놓고 너는 사도첨사다, 광양현감이다 하며 관직을 나눠 주었다. 내 심부름을 착실하게 하는 녀석들은 비교적 높은 품계인 당상관직을 주었는데, 어릴 적 매관매직을 했던 놈이 오늘날 공무원을 하고 있는 현실이 사뭇 흥겹다.

    내가 이평리에 음달 마을이라 불리던 곳에 살 때는 아이들이 제법 있었다. 그리하여 초등학교 저학년의 아이들을 삼삼오오 모아 놓고 전쟁놀이를 즐겼다. 전쟁놀이라는 것은 특별한 것은 없었고, 거리 한 귀퉁이에서 소리를 치고, 악을 쓰며 달려 나가면 반대쪽에 있는 녀석들과 헛싸움질을 하는 것이었다. 그러다가 잘못 휘두른 장난감 칼에 한 아이가 맞아 싸움이 나고 결국 누군가의 울음이 터지면, 급하게 정전협정을 체결하고 각자의 집으로 돌아갔다.

그러나 해월리에 살 때는 아이들이 없었다. 해월리 근처에 있는 전문대학의 학생들이 투다리 호프집에서 맥주를 사 먹고, 고래고래 소리를 지르는 경우는 있었지만 내 나이 또래의 아이들은 없었다. 그 시절에는 스마트폰도, PC도 갖기 어려울 때였다. 나는 촌에서 자라 책도 귀했기 때문에, 밖으로 돌 수밖에 없었다. 그리하여 나는 종종 활을 쏘았다. 당시 내가 가진 활은 아버지가 직접 만든 활이었는데, 아버지는 농번기가 지나고 거리에 버려져 있는 대나무를 주워다가 가열해 구부려 내 키에 맞는 활을 만들어 주었다. 아버지는 손재주가 많은 사람이다.

그 활은 시중에서 판매하는 장난감 활보다 훨씬 사거리가 길었는데, 나는 이 때문에 유아기 시절 훌륭한 무기를 장착한 장수가 될 수 있었다. 화살은 내가 직접 만들었는데, 나무젓가락 두 개를 이어서 테이프를 붙이고, 끄트머리에는 종이로 깃을 만들었다. 화살은 넉넉하지 않았다.

어느 날 문득 혼자서 활을 쏘다가, 몇 개 되지도 않는 화살을 주워 오는 일이 즐겁지 않았다. 그리하여 나는《불멸의 이순신》에 나왔던 과거시험처럼, 활쏘기 대회를 개최해야겠다고 생각했다.

나는 공책을 찢어 연월일시를 적은 활쏘기 대회 요강을 적었고, 그 종이로 종이배를 만들어 집 앞 개천에 흘려보냈다. 대략 4척 정도의 배를 띄운 것으로 회고한다. 그 시절의 나는 사람들이 종이배에 적힌 글을 보고 나와 함께 활을 쏘러 올 것이라 생각했다.

결론적으로 내가 주최한 활쏘기 대회는 실패했다. 나는 내가 공고한 연월일시에 준비해 놓은 활쏘기장에서 오랫동안 기다렸지만 아무도 오지 않았다. 나는 혼자서 활을 몇 번 쏘다 집으로 들어왔다.

광주시의회로 전입한 이후, 내가 밥을 제때 챙겨 먹지 않는다는 이유로 직장의 누님들이 점심때마다 나를 데리고 밥을 먹으러 가 준다. 어느 날은 청기와냉면이라는 냉면집에 갔는데, 가게 앞에 작은 실개천이 흘렀다. 내가 활쏘기 대회 요강이 적힌 종이배를 진수한 실개천과 아주 흡사했다. 내가 띄운 배는 어디까지 닿았는지 알 수 없지만, 배를 띄운 장수는 이천에서 용인으로, 안성으로, 광주로 동서남북으로 분주했다.

나는 실개천을 바라보며 한참동안 잠심하다, 가까스로 현실로 돌아올 수 있었는데 이제는 해월리의 기억도 흐릿한 것을 보니 건강한 청년으로 자라고 있는 듯했다.

2025. 10. 25.

That Thing You Do

요 며칠 사무국은 젊은 직원들의 밴드 결성에 관한 열의로 들썩이고 있다. 다행스럽게도 나는 밴드 결성의 초창기 멤버로 합류할 수 있었다. 나는 사실 음악에 재능이 없다. 군 복무를 문화선전대(舊연예병사)에서 가수로 마친 아버지와 달리 나는 가창에 재주가 없다. 목소리도 그렇다. 특별한 미성도, 인상적인 저음도 아닌 탓에 목소리를 악기 삼아 밀어붙일 수도 없다.

그러나 나는 음악이 좋았다. 중학교 때부터 김광석의 노래를 부르겠다는 일념하에 기타를 배웠고, 고등학교 때에는 전국대회 고교 합창단에서 2년 가까이 베이스 파트를 맡았다. (합창단은 지도교사와의 불화로 중간에 탈퇴했다. 지도교사는 다른 교과 시간에 작문한 나의 과제물을 몇 번 읽어 보고는 나더러 자꾸 종북좌파라고 소문을 냈다. 그때나 지금이나 좌파가 맞긴 한데, 종북은 아니었다.) 군대에서는 조잡하게 밴드를 결성해서 포상휴가를 받기도 했다. 그중 특히 고등학교 때에 음악과 밀접

한 시간을 보낼 수 있었는데, 내 주변에는 공부 혹은 입시를 포기한 놈들이 많았기 때문이다.

고3이랍시고 집안에서 유세는 부리고 싶으나, 공부는 도저히 못 하겠고 싶어서 새벽에 기타를 들고 나가면 목소리 하나 달랑 들고나오는 녀석이 있었다. 그렇게 두 명이 새벽마다 거리로 나오면, 따라 나오는 녀석이 있었는데, 그놈이 주로 사진을 찍었다. 신기하게도 어찌어찌 다들 대학은 갔다. 노래를 부르던 놈은 예술대학을 갔고, 사진을 찍은 놈은 건축학과에 갔다. 나는 정치학과에 들어갔다. 기호에 따른 전공을 살린 놈은 노래를 부르던 놈밖에 없었다.

그러다 공무원이 되고 나서는 음악과는 거의 담을 쌓고 지냈다. 그럴 수밖에 없었다. 억지로 따라간 노래방에서 만취한 의원들의 어설픈 춤 동작과 음정을 목도하고 있노라면, 애처롭기가 따로 없다. 그걸 좋다고 북조선공화국의 인민들마냥 힘찬 함성과 박수를 발사하는 직원들을 보면 열심히들 산다 싶었다. 내가 그 생경한 풍경에 두려움을 느꼈던 지점은 실제로 직원들이 "스스로 최선을 다했다"라고 생각하는 지점을 마주했기 때문인데, 그즈음부터 나는 회식에 가지 않았던 것 같다.

그렇다고 일상에서 음악을 즐겼던 것은 아니다. 퇴근하면 6시가 넘기에 노래를 부르거나 악기를 연주하는 행위는 주변 이

웃들에게 피해가 될 것이 분명하기 때문이다.

입직 이후 5년간 음악에 빈곤했던 나는 그러한 탓에 밴드 결성 소식이 참으로 반갑다. (안성에서도 공무원 밴드는 있었으나, 의회와 집행부 사이가 좋지 않아 나는 매일같이 'ㅇㅇ자료 일체'와 같은 요구자료를 보냈던 터라 시청의 동아리 가입이 썩 주저되었다.) 그러나 밴드는 다소 철 지난 취미다. 비디오가 라디오스타를 죽이듯 밴드를 대체할 취미도, 문화도, 예술도 넘쳐 난다. 이에 누님들과 형님들의 밴드결성준비위원회가 실질적인 행위로 발현될지, 혹은 매주 식사 모임으로 전락할지는 알 수 없으나 나는 요 며칠 흥감한 심정을 감출 수 없었다.

비록 밴드가 철 지난 유행이기는 하나, 그럼에도 불구하고 라디오는 지금도 나오고, 배철수 아저씨는 군건하게 버티고 있다. 내년도 사무국 행사 무대를 장식하자는 나의 제안을 듣고 함께 웃는 선배들이 있어 겨울이 느껴지지 않은 요즘이었다. 겨울을 금방 나겠다 싶다. 그러다 보면 서른도 금방 지나갈 것이다.

2025. 11. 7.

동장님과 나

지난 27일, 오랜만에 안성을 찾았다. 안성을 찾은 이유는 내가 안성1동과 안성시의회에서 각각 동장과 전문위원으로 모셨던 안(安) 동장님의 퇴임식에 참석하기 위해서였다. 나는 동장님이 전문위원이 되신 후에도, 복지정책과장과 행정과장을 역임하신 때에도 동장님이라고 불렀는데, 여기에는 특별한 이유가 있는 것은 아니고, 그냥 동장이라는 호칭이 입에 붙어 버린 탓이다.

동장님은 공무원답지 않은 사람이었다.

연속된 비상근무(폭설, 폭우 등)로 정신 줄을 놓아 버린 나와 동기 형이 동장실에 종이를 붙여 화장실로 바꿔 놓을 때에도, "뭐 저런 놈이 다 있냐."라고 웃어넘겼다.

한번은 어느 중년 남성이 3분 넘게 민원을 기다렸다고, 내게 "개 같은 씨발새끼"라며, "동장실은 어디 있느냐"고 물었을 때, 나는 "동장실은 저쪽이다. 저쪽."이라고 말하며, 갈 테면 가라고 했다. 그때에도 동장님은 내게 "뭐 저런 놈이 다 있냐."라고 웃어넘겼다. 다만, 나는 패악질을 부리는 민원인에게 동장실을 가르쳐 줬다는 이유로 회식 자리에 안줏거리로 골백번은 오르고 말았다.

동장님은 기초자치단체에서는 보기 힘든 7급 공채 출신으로, 임용 초반부터 공무원직협(지금의 노동조합)을 조직했고, 노동운동을 했다. 근무하는 동안에는 담당관실이나 행정과에서 근무를 한 번도 하지 못했고, 이른바 행정직들의 무덤인 1별관과 2별관에 수시로 발령받았다. 안성 출신도 아니었고, 안성의 서울대인 한경대 출신도 아니었다. 동장님은 철저히 아웃사이더의 길을 걸어왔다.

동장님은 공무원답지 않은 사람이었다.

위엄을 세우기보다는 자신이 망가지는 것에 거리낌없었다. 그러니 부하직원들이 직언을 하거나 자신의 잘못을 지적하는 일에도 정색하는 일이 없었다. 몇 번은 자신이 옳다고 이야기하다가도 나중에 사실을 알게 되면 금방 "야. 그건 네 말이 맞더라."라고 금방 인정했다. 공무원을 떠나 참 보기 드문 어른이었다.

의회에 근무할 때다. 어느 논점에 대하여 나와 동장님이 견해가 달랐다. 동장님은 A라는 학설을 지지했고, 나는 B라는 학설을 지지했다. 나는 B 학설을 중심으로 검토보고를 작성했다. 나의 검토보고를 읽은 동장님은 나를 불러다 한참을 논쟁을 벌였고 다시 기안을 하라고 말씀하셨다. 나는 한참을 고민하다 그럼에도 불구하고 B가 옳다는 검토보고를 다시 올렸다. 동장님은 검토보고를 주의 깊게 읽으시며 "하여간 고집은" 하시며 끝내 결재를 하셨다.

동장님은 그런 분이었다.

동장님은 칭찬이나 격려에 인색한 사람이었는데, 열심히 야근을 하고 있는 직원에게는 "야근하는 건 일 못하는 사람들이나 하는 것"이라며 야근을 하지 말라고 다그쳤고, 내가 크고 작은 성과를 내서 주변 사람들이 칭찬을 할 때에는 "별거 아니다."라고 말했다. 그러나 그것이 기분 나쁘지가 않았다. 참 이상한 일이었다.

한번은 의회사무과의 의원과 직원 몇 명이 함께 부산에 간 일이 있었다.

모든 일정을 마치고 가진 회식 자리에서 약주를 과하게 드셨는데, 그때 동장님은 대학 후배였던 시의원에게 나를 가리키며 "이놈 진짜 똑똑한데, 왜 그걸 모르냐."라고 말씀하셨다. 시의원은 당황스러운 듯 웃으며 "나도 안다."라고 답했으나, 동장님은 멈추지 않고, "아니 모른다. 당신뿐만 아니라 의회가 모른다."라고 목소리를 높이셨다. 나는 동장님에게 "많이 드셨다. 이제 그만 일어나시자"라고 말씀드렸으나, 동장님은 정색하고 이야기를 마저 이어 나갔다.

나는 그날 밤 숙소로 돌아와서 내가 복이 많다고 생각했다.

동장님은 세상 모든 사람들과 대화를 할 수 있는 사람이었다. 저잣거리에서는 저잣거리의 언어로, 깡패에게는 깡패의 언어로, 관료에게는 행정의 언어로, 지식인에게는 학자의 언어로 대화하는 사람이었다. 안 동장님의 퇴임식을 지켜보니, 사무관 한 명이 안성을 떠나는 것이 아니라 도서관 한 채가 떠난다는 생각이 들어 사뭇 서글펐다.

내가 짧지 않았던 3년 6개월 간의 타향살이를 버텨 낸 까닭의 팔 할은 안 동장님에 있다고 생각했다.

2025. 7. 8.

스마트폰을 버리지 못해 애달픈 사내여

중학교나 고등학교 때는, 잘 쓰던 휴대폰을 피처폰으로 바꾸는 아이들이 제법 있었다. 공부 때문이었다. 나는 공부를 썩 잘하는 학생이 아니었는데, 나도 멀쩡한 스마트폰을 정지시키고, 피처폰으로 바꾸었다. 그렇다. 나는 공부에 매진하기 위하여 핸드폰을 바꾼 것은 아니었다. 관계에 매몰되는 내가 싫었다. 온갖 단톡에, SNS(당시에는 인스타가 아닌 페이스북이 유행하던 시절이었다)에 소속감이라고는 느낄 수 없는 관계에 흡인되어가는 것이 괴로웠다. 나는 그렇게 모범생들이 휴대폰을 피처폰으로 바꾸는 유행에 티 나지 않게 합류했다.

나는 요즘 핸드폰을 바꾸고 싶은 충동을 아주 강하게 느낀다. 이유는 고등학생 시절이었던 10년 전과 별반 다르지 않다. 특히 요즘에는 세상사가 아주 피로하게 느껴진다. 국가의 대소사 중 대사(大事)에 해당할 대통령 선거도 특히 그렇다. 우리나라 인구 5천만 명이 각자 5천만 개의 논평을 쏟아 낸다. 그리고는 나는 어떤 쪽이냐 묻는다. 논평에는 사실이 없다. 사실이 없으니, 철학도 없다.

민주화 이후 1987년 13대 대통령 선거부터, 다가오는 2025년 21대 대통령 선거까지 9명의 대통령을 우리 손으로 뽑을 것이다. 사람들은 자신이 지지하는 사람이 대통령이 되어야 한강의 기적이 반복될 것이라 믿고, 자신이 지지하지 않는 사람이 대통령이 되면, 대한민국이 망할 것이라 생각한다. 그래서 괴롭다.

우리나라는 대통령 탄핵을 2번이나 겪었으나, 정치를 바라보는 도덕적 잣대는 그리 높지 않다. 1995년 스웨덴의 부총리를 역임하고, 사민당의 유력한 여성 정치인이었던 모나 살린(Mona Sahlin)은 이른바 업무추진비 카드로 초콜릿을 구입했다가, 문제가 되자 끝내 부총리직을 사퇴했다. 모나 살린은 스스로를 두고 "자기 비용도 제대로 지불하지 않으면서, 총리가 될 수 있겠느냐"라고 말했다.

나는 스웨덴의 정치 수준이 높다기보다는, 스웨덴 국민들의 도덕적 잣대가 엄격한 것이라 생각한다. 졸속으로 만들어진 지방자치제도 위에 군림하고 있는 각종 민선 관료들이 각종 업무추진비로 지역의 온갖 "형님, 누님, 동생, 아우"들에게 생색내기 바쁜 우리네 모습을 보면, 모나 살린은 스웨덴 국적을 가진 것이 억울할 수도 있겠다는 생각을 했다.

문제는 도덕과 윤리가 끝이 아니라는 것이다. 서로가 앞다투어 포퓰리즘은 지양해야 한다고 말하지만, 국민들이 듣기 싫은 소리는 일절 하지 않는다. 국민들도 듣기 싫은 소리는 듣기 싫어하고 만다. 그러니, 정치인들은 열심히 하는 척을 하고, 공무원들은 일하는 척을 하고, 국민들은 속는 척을 한다.

그러니, 구태여 이런 세상사를 속속들이 알고 있을 필요가 없다고 느낀다. 그럼에도 불구하고 밥벌이를 하려면, 세상사를 강제로 들어야 하는 순간들이 온다. 과거 계엄과 군경의 투입은 위헌이 아니라며, 나를 앞혀 두고 일장 연설을 했던 지방의원이 있었다. 웃는 낮에 침 한번 뱉지 못하고, 안성을 떠난 내가 못났다고 생각했다. 이러한 자기연민으로부터 발원하는 자기혐오는 보는 사람도, 겪는 사람도 힘겹다. 강제로 청취하는 세상사는 이렇듯 괴로운 법이다.

나는 얼마 전 DK 시리즈로 나온 철학의 책을 읽었다. 『철학의 책』은 하드커버로 된 두꺼운 책이어서 장식용으로 구입한 것이었는데, 생각보다 잘 만든 책이었다. 철학의 책은 고대부터 현대 철학자들의 주요 저작과 철학적 이념을 잘 요약해 놓았는데, 어떤 독자는 이 책을 두고, '한 교수가 직접 정리하고 필기한 노트를 읽는 것 같다.'라고 리뷰를 했는데, 나 역시 공감하는 바가 컸다.

나는 덕분에 다시금 철학 공부를 해야겠다는 생각이 들었다. 『라케스』와 『카르미데스』를 읽고, 『안셀무스』도 읽을 것이다. 정돈되지 않은 글씨로 노트도 만들어서 고시처럼 공부도 해야겠다는 의지도 생겼다. 나는 이러한 생각이 깊어지며, 더욱이 세상사를 멀리해야겠다는 생각을 했다. 그러나 세상사를 멀리한다는 것이, 일상사를 멀리해야 한다는 것은 아니다.

　내가 스마트폰을 물리적으로 버리지는 못할 것이다. 그러나 스마트폰을 버린다는 행위는 수천만의 논평에 매몰되지 않고, 연필을 깎고, 명사와 동사를 뜯어보며, 피상적인 관계를 다시 맺는 일로 대신할 수 있을 것이라 믿는다. 이는 버리지 않아도 버릴 수 있는 일이며, 물러나는 것으로 일상을 가까이하는 일이라 할 것이다.

2025. 5. 23.

정기 휴가

오랜만의 정기 휴가를 나왔다. 오랜만이라는 표현은 적절치 않다. 입대하고 나서 백 일가량 시간이 지난 뒤에 나온 4일짜리 신병 위로 휴가 이후로, 처음으로 정기 5일 포상 2일을 붙여 총 7일의 휴가를 나가게 되었다. 그러니, 오랜만의 정기 휴가가 아닌 첫 정기 휴가가 되겠다. 나는 무려 만 4개월하고도 20일가량을 부대에서 있었는데, 이는 나의 인내심이 대단하고, 출중해서 그런 것이 아니라 나의 보직이 대대 작전과에서 인사과로 변경되면서 인수인계 기간과 훈련기간이 겹쳐 그동안 나가지 못했다. 그러한 연유로, 나는 8개월가량 만나지 못했던 친구들을 보았다. 나의 친구 놈은 외박을 나온 것이므로, 친구의 위수지역을 지켜 주기 위하여 서울에서 약속을 잡았다.

우리는 광화문으로 향했고, 교보문고 → 광화문 → 서울성공회성당 → 덕수궁인 뻔한 코스를 빌려, 못 했던 수다나 나누려던 참이었다. 그러나 우리의 조잡한 계획은 보기 좋게 무너지고 말았다. 하필 광화문에서는 이른바 '태극기부대'의 가두 시위가 있었고, 대화마저 통하지 않을 정도의 소음이 대낮부터 시작되었다. 나이 든 중년 여성의 사자후는 나의 고막을 찢을 기세였고, 우리 대대의 장병들보다 목소리가 컸다. 광화문 태극기 시위의 구호는 상당히 생경한 이념들의 잔치였다. 그 거칠고 날선 이념들은 크게 3가지의 양태로 나뉘었다.

1. 예수가 멸공을 하러 재림한다.
2. 대통령을 참수하자.
3. 前 대통령을 다시 옹립하자.

그들은 자신이 가진 앰프보다도 못 한 논리로 크게 떠들었고, 맹목적이었다. 개신교와 극우보수주의의 만남은 보다 더 저급했고, 훨씬 더 자극적이었다. 한국의 자랑거리인 광화문 거리가, 조롱거리가 되어 버렸다는 나의 친구의 말은 아프게 들려왔다. 우리는 군복을 착용했기에 우리는 대한민국이 군인을 어떻게 취급하고 있는지를 온몸으로 체험했다. 어느 노인은 우리에게 '현역이냐'고 물었고, '그렇다'고 대답하자, '현역이면 궐기대회 참석이나 좀 해라'고 이야기했다. 그 노인은 우리의 정치성향을 묻지 않았고, 철학적인 견해도 묻지 않았다. 그저 현역이니 궐기대회를 참석하라고 했다. 나는 노인의 말이 한참 동안이나 이해가 되지 않았다.

왜 현역 군인은 궐기대회에 참석해야 하는 것인지, 왜 현역 군인이 국군통수권자를 모독하는 시위에 참석해야 하는 것인지 혹시 본인의 주장을 애국이라고 생각하지는 않는지, 수만 명의 노인들로 국가 전복이라도 꾀하려는 것인지 나는 이유를 알지 못했다. 이 노인뿐만 아니라, 초면임에도 불구하고 반말을 하며 요즘 군대가 군대냐며 말을 거는 중년과 버스 안에서 자신의 푸념을 늘어놓는 장년이 있었다. 나는 분노할 힘도 남아 있지 않았다. 근대 국가 성립의 원칙. 고등학교 시절 지겹게 배웠던 사회 교과 내용이 떠올랐다. 군대는 대외에 대한 폭력, 경찰은 대내에 대한 폭력이며 모두 무고하고 선량한 시민을 방위하기 위해 존재한다. 나는 도대체 무엇을 지키고 있는가를 떠올렸다.

군대에서 시행하고 있는 초등학교 도덕교과 수준의 정신전력 교육은 나의 사기를 꺾었고, 나는 대대장에게 찾아가 철학 공부를 하려 연구회를 설립하고자 하니 승인해 달라고 이야기했다. 대대장은 맑시즘을 우려했으나, 나는 정치란 모르며 그저 인본주의에 관심이 많은 사병이라고 호소했다. 대대장은 표정을 찌푸린 채 한참을 고민하더니 연구회 설립을 승인했다. 나는 연세대학교 철학과를 다니다 온 후임을 꼬드겨 연구회를 설립했고,

우리는 경험주의를 중심으로 철학을 공부하던 참이었다.

철학을 공부하고 싶은 마음은 사실 그리 크지 않았다. 나는 우리의 꼴이 애국을 강요당하여 젊음과 청춘을 바치는 것이 아닌, 군인으로서 사명과, 민주국가의 시민으로서 우리가 기여할 수 있을 가치를 찾고자 철학을 하려 했다. 그러나 오늘 만난 여러 명의 노인은, 20대 핏덩이 군인들의 노력을 보기 좋게 짓밟았다. 나는 386세대의 계몽주의와 교조주의에 찬동하지 않는다. 그러나 작금의 기성세대는 단 한 발도 나아가지 못했다. 21세기가 된 지 20여 년이나 지났고 날도 밝았으나, 광화문은 어둠으로 가득했다. 세상을 바꾸려고 했던 386세대는 정권을 잡았고, 부모세대에게 투표권을 찾아 주었으나, 386세대의 부모세대들은 386세대를 규탄하기 위해 거리로 나섰다. 역사의 아이러니다.

나는 8개월 만에 만난 친구들의 재회를 망치게 한 노인들에게 화를 주체할 수 없었다. 나의 친구는 오랫동안 앰프소리에 지쳐 몸이 아파 일찍 집에 들어갔고 분위기를 망친 우리들은 멋쩍은 웃음으로 만남을 파했다. 나라의 꼴과 나의 꼴이 우습게 어울려 나도 참 대한민국에 걸맞은 수준의 시민이라는 생각이 들었다.

2019. 11. 9.

계급 있는 부인들

대대 천주교 군종병의 자격으로 사단 군종부에 파견을 다녀왔다. 여러 종교적인 행사를 준비하고, 허드렛일을 돕는 역할이었다. 성탄절에 사단장이 성당에 방문하기로 되어 있어, 군종병들은 분주했다. 그러나 높으신 분들에게 잘 보여야 하는 높으신 분들이 계셨고, 그 높으신 분들의 아내 되시는 분들이 더욱 분주했다. 그 부인들은 '남편이 중령이기에 나도 중령이다'라고 생각하셨는지, 파견 온 군종병들을 공관병처럼 다뤘다. 주임신부인 군종장교는 늘 미사에서 성당 내에는 계급이 없다고 강론하였지만, 그네들은 듣고 싶은 말만 들었다. 나는 불만이 커, 미사 중 독서를 맡아 그네들의 눈을 쳐다보며 독서를 하였다.

헌병대대에서 파견 온 아저씨에게, 군대와 종교는 아직 멀었다는 말로 서로 위안했다. 나는 내가 천주교 성당에서 견진까지 받은 신자가 될 것이라는 생각을 하지 못했다. 개신교(장로교) 신자의 집안에서 자라, 이름도 개신교적인 이름을 받았고, 교회

외의 장소에서 종교생활을 할 것이라 생각하지 않았다. 그러나 대형교회 목사들의 말은 어렸던 내게 여러 상처가 되었고, 결국에는 회심을 하여 무신론자의 생활을 길게 보냈다. 그럼에도 불구하고 나의 심신이 가난할 때면, 집 앞의 천주교 성당에서 여러 번 기도를 하곤 했다.

나는 신병교육대대에서 천주교 종교행사를 신청했다. 교회에 가면, 괴상한 반주에 노래를 시끄럽게 튼다고 하여 가뜩이나 소음에 시달리는 신병교육대대 시절, 잠시라도 조용하고 한적한 곳에 잠시 쉬고 싶다는 욕망이 있었다. 그러나 천주교는 생각보다 미사 절차가 복잡했다. 가슴도 쳐야 했고, 몇 번 일어나기도, 다시 앉기도 해야 했다. 그러나 그런 지리한 과정 속에서 나는 형언하기 어려운 편안함을 느꼈다. 또한 신병교육대대에서 인연을 맺은 천주교 신학생의 친절함에 탄복하여, 나의 대부님이 되어 달라 부탁했다.

내가 천주교에서 세례를 받게 된 것을 독실한 개신교도인 어머니가 가슴 아파할 것이라 생각했다. 그러나 나의 어머니는 누구보다 나의 신앙생활을 기쁘게 받아들이고 있다. 하기야, 사회주의를 외치던 아들이 성전에 나가서 고해성사를 하니 어머니 입장에서는 기쁘지 않을 이유가 없다. 언젠가 한 번 섭섭하지 않느냐 물었던 기억이 있다. 어머니는 단 한 치도 그러하지 않았다고 답했다. 가끔 군 성당에서 수녀님이 사진을 찍어 주시면, 나는 그것을 어머니께 보내 드린다. 어머니는 늘 사진을 받아 들어 기뻐하신다. 진작에 이러지 못하였던 것, 기왕이면 개신교 군종병을 하였다면 어땠을까 하는 회한이 크다. 죄 많은 인생이다.

파견이 끝나고, 천주교 군종교구의 차량협조가 어려워 군종법사(불교)님의 차량을 얻어 타고 왔다. 차량이 있는 사찰까지 가며 군종법사와 선문답을 나누었는데, 나의 인상에 남아 있다. 군종법사는 나의 이름을 알아차려 본디부터 천주교인은 아닐 것 같다고 물었다.

군종법사(이하 법) "이름이 요한인 것으로 보아 천주교 신자가 아니었던 것 같아요."

나 "예, 맞습니다. 회심하였습니다. (...) 사실, 불교에 상당한 호감을 갖고 있었습니다. 사회참여적인 모습이나 포용적인 모습을 좋아합니다."

법 "아, 그런가요. 그런데, 불교도 사실 사회참여를 잘 못 하고 있습니다. 불교에서도 사회비판적인 목소리를 많이 내지만, 개신교처럼 영유아시설이나 교육시설 등 정말 사회에 도움이 되는 사회참여는 잘하고 있지 못하지요. 불교가 사회참여를 많이 한

다는 것도 일종의 선입견 아닐까요?"

나 "그런 것 같습니다. 불교설립의 영유아시설은 다소 생경합
니다."

법 "그나저나 부모님께서는 개신교신자라고 하셨는데, 천주교
신앙생활을 하는 것에 반대는 없나요?"

나 "교회 비슷한 곳에라도 가니 다행이라 하십니다." (웃음)

　군종법사의 말은 조심스러웠고, 전혀 생각지도 못한 지점에서의 발상도 얻을 수 있었다. 군종법사는 내게 불교에서는 수행기간에서만, 술과 고기 등을 먹지 않고 수행기간이 끝나면 자제하는 수준이라고 말해 주었다. 당연히 사람이라면 적절한 영양분 섭취를 통해 살아가야 할 텐데, 단식에 가까운 생활을 상상했던 나의 졸견도 일종의 불교에 대한 선입견이었다. 나는 군종법사와 돌아오는 길에 내가 개신교에 마냥 좋지 않은 감정을 갖고 있었던 것도, 개신교에서 받았던 상처에 국한하여 나의 관점으로 개신교를 재단하는 게 아니런가 하는 생각이 들었다.

2019. 12. 29.

과일 행상 할머니

그리고 나의 비 독자들이 나를 더욱 기쁘게 한다는 것을 고백해
야겠다. 그러나 내가 그들을 좋아하듯이, 여기 토리노도 그렇고
내가 어딜 가든지 모든 사람의 얼굴을 나를 보기만 하면 밝게 빛
나고 기쁨에 넘치는 것처럼 보인다. 이제까지 나를 가장 즐겁게
만든 것은 나이 많은 과일 행상 할머니들이 내가 과일을 살라치
면 나에게 가장 달콤한 포도를 찾아 주지 못하면 그들의 마음이
안절부절 못한다는 것이었다.

프리드리히 니체 저, 김태현 역, 『도덕의 계보/이 사람을 보라』,

청하출판사, 238~239쪽

발령을 명받고 채 일주일이 지나지 않아서 민원대에 홀로 앉
아야 했다. 긴장을 한 탓인지, 밥이 넘어가지 않았다. 점심시간
에도 민원대를 비울 수 없기에, 나는 점심식사를 13시에 하기

로 하였다. 다행히 12시에는 민원대가 한산했다. 사수가 초임인 나를 배려한 덕이다. 식사 시간이 조금 지난 탓에 식당가도 여유로웠다. 그러나 차려진 식사를 먹을 만큼의 여유가 없어서, 뜨끈한 국물이나 마시려 했다. 그러다 찾은 대형마트 안에 자리한 분식집이 있었다. 외곽에 위치한 보통의 분식집과는 달리 마트의 정중앙에 자리한 생경한 모습이었다.

나는 어묵 2개와 떡볶이 1인분을 시켜 먹었다. 사실 나는 그 전날에도 잠시 들러 어묵을 사 먹었는데, 분식집의 주인 되시는 아주머니가 나를 알아보았다. 아주머니는 내게 처음 보는 얼굴이라 물었고, 나는 용인에서 발령을 받아 안성으로 이사를 왔다고 답했다. 아주머니는 대신하여 나를 환영해 주었고, 용인에 대하여 이것저것 물었다. 나는 기억나지 않는 고향을 떠올리며 답했다. 아주머니는 내가 말한 것들 중에 어떤 지점에서 고무되었는지 알 수는 없었으나, 아주머니는 내게 자신의 자식에 관한 이야기부터, 스스로에 대한 이야기를 털어놓았다.

아주머니는 스스로의 성격을 자평하기에, 도전적이기 때문에 자녀와 충돌이 잦다고 말했다. 그럼에도 불구하고 도전적으로 사는 것은 중요하며, 앞으로도 삶의 기조를 바꿀 생각이 없다고 했다. 그녀는 내게 자신의 삶에 대한 자부심을 드러냈고, 나는 내가 갖지 못한 지혜를 가진 어른의 이야기를 들으며 여러 대목에서 감탄했다. 그녀는 내게 말을 하는 순간 스스로가 고쳐되었고, 분식집을 찾아온 사람에게 "고객님! 어떤 것을 드릴까요?"라며 자신감 넘치는 목소리로 외쳤다. 그렇게 그곳에는 더위에 기운이 없어 보이던 중년의 여성은 보이지 않았고, 직업적인 사명이 뛰어난 한 명의 인간만이 자리했다.

나는 끝내 어쩌면 가족주의와 온정이 사라지고, 분노와 갈등만이 자리한 작금의 세태에 가장 필요한 것은, 전염병의 백신보다 각인의 자신감과 사명이 아니런가 하는 지점에 이르렀다. 나 또한 용기를 내려고 마음을 다잡을 무렵, 안타깝게도 이미 해는 서산에 걸리고 말았다. 내가 앞으로 몇 계절이나 안성에서 의탁할지 모르겠으나, 이러한 날들이 아주 많기를 바란다.

떡볶이와 어묵의 맛은 그녀의 자부심만큼이나 훌륭한 맛이었다.

2021. 8. 22.

영덕 대게

지휘통제실 근무를 철수하고 생활관에 오니, 내 관물대에 게 맛살 냉동식품이 있었다. 나는 게맛살의 주인이 아니었기 때문에, 누가 내게 이것을 주었는가를 고민했다. 사실 고민은 다른 곳에 있었다. 나는 게를 못 먹는다. 그러한 연유로, '나는 이 호의를 어떻게 거절해야 할까' 하는 고민에 빠졌다. 다행스럽게도 옆자리 동기가 잠시 내 자리에 두었던 것이고, 찾아가는 것을 잊었다고 내게 말해 주었다.

그러다 문득 경상북도 영덕에서의 기억이 떠올랐다. 내가 이천에 살고 있을 때, 우리 가족은 공통적으로 집안에 자리한 우울한 분위기를 한 번쯤 환기할 필요성을 느꼈다. 그래서 나와 아버지는 가장 고생이 심한 어머니를 위해 어머니가 가장 좋아하는 게를 먹으러 갔다. '게' 하면 영덕이기에, 우리는 적지 않은 돈으로 차를 빌렸고 날을 잡아 영덕으로 떠났다. 이천에서 영덕은 직선거리로만 200km에 달했고 아버지와 어머니는 서로 번

갈아 가며 운전대를 잡았다. 우리는 큰맘을 먹고 영덕으로 떠났으나, 지갑의 사정은 배포가 크지 못했다.

현지 수산시장에서 구입하여 먹으면, 훨씬 저렴할 것이라는 VJ 티비방송의 말은 거짓이었다. 현지의 가격은 내지보다 비쌌고, 게만 따로 겨우 구입하여도 그것을 조리할 재간이 없었다. 결국 호객행위를 하는 사람의 말을 믿을 수밖에 없었고, 우리는 우리가 구입한 게를 무상으로 주고도 기만 원이 넘는 조리비를 제공해야 게를 맛볼 수 있었다. 그러나 우리가 당시 10만 원에 달하는 값을 지불하고 들어간 가게는 우리 가족이 생각했던 모습과는 동떨어져 있었으며, 호객행위하는 사람이 아니었다면 절대로 찾아갈 수도 없었던 곳에 자리했다.

아버지는 그 식당의 화장실을 다녀오고선 비위가 약해져 식사를 제대로 하지 못했고, 식당의 위생상태에 대해서 불만족했다. 어머니는 자신을 위하여 온 곳이기에 가족들과 함께 행복을 나누고자 했으나, 나는 입이 짧았고, 아버지는 더 좋은 곳에서 식사를 하지 못한 신세에 가장인 스스로를 탓하며 속상해했다. 결국 우리 가족은 대게를 먹으러 영덕에 다녀온 일을 큰 실수라고 기억했고, 영덕을 바가지와 상술이 그득한 고약한 동네로 기억했다. 그러나 그렇게 많은 수입을 얻었을 그 가게의 늙은 주인의 주름은 짙었고, 흔한 장식 하나 걸치고 있지 않았다.

그렇다면 그 돈은 어디로 갔을까. 서민은 서민에게 빚을 지고, 불로소득한 자들이 꽃노래를 부르는 동안, 우리는 우리의 이웃을 욕했고, 빈자의 분노는 빈자에게 향했다. 일용직노동을 하며, 변호사시험에 어렵사리 합격한 사람이 대통령이 되었고, 또 그와 아주 가까운 동지도 대통령이 되었다. 하지만 경제 정책은 이전과 크게 달라지지 않았고, 개혁은 전면적으로 실패했다. 현 정부의 최저임금 1만 원과 같은 소득주도성장은 사실상 폐기되었고, 관련자들은 문책 경질되었다. 기성 언론매체들은 단기 경제부양론에 취해 있고, 여론 역시 과거 6070시대의 급속 경제발전론에 함몰되어 있다.

최저임금을 결정하는 최저임금위원회의 구성원 중 최저임금으로 생계를 유지하는 사람이 과연 몇이나 있을 것인가. 청년노동자위원을 제외하면 모두 최저임금과 거리가 먼 임금을 받을 것이다. 지가와 물가상승의 주범인 비정상적인 임대료와 임대업 관련 정책의 미비, 더불어서 대기업의 갑질을 단속하지 못하는 경제당국. 이 모든 총체적인 난국을 제쳐 두고 언론과 보수 야당은 최저임금만을 탓했다. 결국 보수 야당의 주장은 朴 전 정권으로 돌아가자는 것이고, 더 먼 과거인 아버지 朴 정권이 옳다는 것이다.

이러한 보수 야당의 주장에는 공화주의가 없고, 민주주의가 없다. 그리고 인본주의가 없다. 보수 야당의 경제부양론에는 사람이 없다. 이는 비단 경제에만 국한할 문제가 아니라, 보수 야당의 구성원들이 한 이야기를 들어 보면 인간으로서 버티기 힘든 여러 순간들을 목도하게 된다.

정치와 정책에 인간이 없다는 것은, 결국 박정희 시절로 회귀하자는 주장과 하등 다를 바 없다. 이는 결국 가장 약하고 먼저 쓰러질 사람들의 뼈를 갈아 경제 지표 놀음을 하자는 것이다. 그렇게 이룩한 근대화는, 땀과 피와 눈물을 흘린 자들에게는 무덤 한 칸 내어 주지 않았고, 수많은 무연고자의 죽음 속에서 빌딩들만 높이 올라 여의도가 좋아하는 '국격'을 운운하게 되는 것이다. 우리는 세월호라는 국가적인 참사를 겪고도, 수많은 약자들을 희생시키는 데에 익숙하다. 이 나라의 경제정책은 빈자를 제외했고, 결국 대기업과 재벌 들의 경제사정이 곧 이 나라의 경제상황이었다.

영덕에서 먹은 '게' 한 마리에는 이 나라의 경제상황과 변하지 않는 경제 권력이 담겨 있었다. 농어촌이 점점 가난해지고, 도시빈민들이 늘어가는 세태를 '게'를 보며 알 수 있었다. 영덕의 '게' 속에는 늙은 주인의 주름과 아버지의 자책과 어머니의 눈물 그리고 나의 부끄러움이 담겨 있는 것이다. 그리하여 반추 섞인

뒤늦은 고해를 하자면 내가 게를 먹지 못하는 것은 다름 아닌, 2000년대 중후반의 가난한 추억과 그것을 부끄러워했던 나의 부끄러움을 삼키지 못하는 것이 아닐까 싶다.

2019. 7. 20.

사제의 어머니

지난해 여름, 재난지원금을 접수하던 시기에 나는 민원을 보다가, 잠시 파견 형식으로 재난지원금을 접수하는 업무를 맡았다. 말은 거창하나 읍면동에서 근무하는 직원들 모두 경험하는 일이다. 하루는 흰머리 희끗한 여인이 있었다. 그 여인은 땀을 많이 흘려 연신 손수건으로 얼굴을 닦아 냈다. 나는 의사가 아니어도 여인의 건강이 좋지 않다는 사실을 알았다. 여인에게 재난지원금은 지역화폐로 지급되었으며 2~3일 내로 사용할 수 있을 것이라고 설명해 주었다. 여인은 내게 고마움을 표시하며, 아들 것도 대신 수령할 수 있겠느냐고 물었다. 나는 주소가 같은지를 물었고, 여인은 그렇다고 했다. 나는 아들의 재난지원금을 조사하였으나, 지급 대상이 아니었다. 내가 의아하여 중얼거리자 여인은 사실 지금 아들은 이탈리아 로마에 있다고 말했다. 나는 여인에게 해외에 장기간 체류하면 재난지원금 지급이 안될 것이라고 설명해 주었다.

여인은 자신의 아들에 관한 이야기를 이어 나갔다. 아들은 서품을 받은 가톨릭 신부인데, 로마의 대학원에서 교회음악을 전공하고 있다고 말했다. 그런 연유로 재난지원금을 받을 수 없겠느냐고 재차 물었다. 나는 여인에게 잠시 기다리시라 말을 하고 담당 주무관에게 방법을 물었으나, 여인은 지금 대상이 아닌 신부의 재난지원금을 받을 수 있는 방법은 없었다. 나는 그런 사실을 보탬 없이 전했고, 여인은 족히 그럴 것이라며 사실을 받아들였다. 여인은 내가 묻지 않은 아들의 이야기를 시작했다. 아들의 신학교 시절부터 두각을 보였던 음악 재능에 관한 이야기부터 교수 직함을 버리고 이태리로 떠난 일까지. 잠시 쉬고 싶었던 나는 여인의 말을 들으며 좋으시겠네 하며 웃었다. 여인은 내게 교구와 아들의 이름을 검색하면 피아노 치는 영상을 볼 수 있을 것이라고 말했다. 나는 그러겠다고 했으나 금방 잊어버리고 말았다.

그리고 몇 달이나 지났을까. 민방위 교육훈련 불참 대상자에 익숙한 이름이 보였다. 로마에 있는 신부의 이름이었다. 아무래도 해외체류 중 민방위 교육 훈련 면제 신청을 하지 않은 모양이었다. 나는 곧장 그 여인에게 전화를 걸어 자초지종을 설명했다. 면제 신청을 안 하면 과태료를 내야 하니, 동사무소에 와서 면제 신청을 하라고 말했다. 여인은 고맙다며 그날 오후 동사무소를 찾았고, 당일 면제 신청을 마쳤다. 나는 간단히 인사하고 배웅했다. 여인은 고맙다며 내게 초콜릿 하나를 건넸다. 거절하기 어려웠고, 나는 그 초콜릿을 동료들과 나누어 먹었다. 나는 인사 대신 신부의 세례명을 물었고 여인은 자랑스레 내게 세례명을 말해 주었다.

나는 퇴근 후 여인의 아들인 모 교구의 신부를 검색했다. 여인의 말과는 다르게 피아노가 아닌 오르간 연주를 들을 수 있었다. 가만히 신부가 걸어온 길을 보니 눈에 띄는 글이 있었다. 그 신부의 실명을 거론한 글의 제목은 ○○○ 신부를 고발한다는 요지의 내용이었다. 거기에는 신부가 군에서 부조리를 저지르던 선임이었다는 내용의 글이었다. (지금은 글이 삭제되었다. 교구 홈페이지가 갱신되면서 삭제된 모양이었다.) 신부는 짧지도 길지도 않은 사과문을 올렸다. 신부도 늙었고, 후임도 늙었으나 후임의 상처는 아물지 않은 모양이었다.

나는 군 전역이 가까운 일이었기에 기억이 흐릿하지 않았다. 나 역시 훌륭한 병사는 아니었다. 유달리 미웠던 후임이 한 명 있었다. 나와 성이 같았던 병사였다. 그 병사는 신병환영회에서 말보다는 행동으로 보이겠다고 큰소리로 자신감을 나타냈다. 그 병사는 대대의 편한 분위기에 금방 적응했고, 금세 꾀를 부리는 것처럼 보였다. 내가 어떤 지점에서부터 그 병사를 미워

했는지는 알 수가 없다. 누군가 나에게 그 병사의 흉을 보기 시작할 때부터였는지, 그 병사가 내가 갖지 못한 자신감을 보였기 때문이었는지는 확실치 않다.

내가 당직부사관으로 저녁점호를 취할 때, 박 일병은 누워 있었고 모포는 정돈되지 않았다. 나는 박 일병을 보며 당직사관은 내가 모시는 인사담당관이니 자리 정리를 더 신경 써 달라고 말했다. 다른 내무반을 점검하고 다시 박 일병을 보았을 때, 그의 모포는 그대로였다. 나는 성화가 났고 내 말이 말 같지 않느냐고 물었다. 박 일병은 내 모습에 놀란 눈치였으나 나는 개의치 않았다.

나중의 일이나 당시 박 일병은 나의 말을 듣지 못했다고 했다. 선임은 큰소리로 말하지 않는 것이 곧 권위를 나타내는 일이었고, 어느새 그러한 관습이 내 몸에도 깊이 박혀 있었다. 박 일병은 내 말을 이해하지 못했고, 애먼 곳을 정리하다가 결국 내게 지청구를 들은 것이었다. 박 일병은 이후로도 내게 몇 번 싫은 소리를 들었고, 박 일병은 점점 표정을 잃어 갔다. 당시의 내가 그의 표정을 보며 느꼈던 감정은 정확히 기억나지 않는다. 일종의 정복감이었을지, 그가 사고를 칠까 겁이 났을지, 구체적으로 내가 어떻게 비겁했는지 쉽게 떠오르지 않는다. 인간은 그렇다. 혹여나 박 일병이 이 글을 읽고 있다면 박 일병에게 사과를 하고 싶다.

오랫동안 권위주의와 대척점에 서 있던 척 살아왔으나 작대기가 하나씩 쌓아 가며 어느새 나 자신도 누군가에게 공포의 대상이길 바랐다. 일병 시절의 나는 모두를 계몽의 대상으로 삼았지만, 병장 시절의 나는 야만의 한복판에 자리했다. 합당치 못한 선임을 감내한 박 일병에게 나의 위선을 진심으로 사과드린다.

2022. 3. 1.

지독함이여 잘 있거라

나이란, 상대적인 것이어서 서른을 앞둔 나이에도 숫자를 말하기에는 여간 쑥스러운 대목이 많다. 가객 김광석은 〈서른 즈음에〉를 불렀고, 시인 심보선은 「삼십대」라는 시를 지었으나, 요즘 세상에 서른을 말하면 "야 서른이 무슨…"이라는 비난을 듣기 일쑤다. 나 역시 서른이 많은 나이라고 생각하지 않으나, 그렇다고 적은 시간이 지났다고 생각하기에도 몰염치하다는 생각이 든다.

나는 이렇듯 많지도 적지도 않은 서른을 앞둔 나이에야 비로소 '친구'와 '우정'이라는 지독함을 떠나보낼 수 있을 것 같다는 생각을 했다. 나는 아는 사람이 한 명도 없는 중학교에 진학했고, 마찬가지로 친한 친구가 한 명도 없는 고등학교에 진학했다. 그 시기를 겪는 아이들이 으레 그렇듯, 무리에 끼지 못한다는 것은 생존을 위협하는 일로도 느껴지기도 한다.

그리하여 나는 학창 시절 인간관계에 지나치게 골몰했다. 친구를 위한다는 생각으로 무언가를 희생하기도 했고, 이와 반대로 나의 친구들에게 희생을 강요하기도 했다. 또한 다음 날 등교를 해야 함에도 불구하고 새벽까지 공원에서 고성방가를 하는 것이 우정을 키우는 것이라 생각했고, 목돈이 생기면 친구들에게 한턱을 내는 것이 '사내'로서의 역할에 충실했다고 생각했다.

그러나 동무로서 나의 역할은 거기까지였다. 같은 초등학교를 졸업하지 않은 중학교 친구들과, 같은 중학교를 졸업하지 않은 고등학교 친구들에게 가장 먼저 배제될 사람은 다름 아닌 나였다. 효용가치가 있을 때에야 나는 친구관계를 유지할 수 있었는데, 평소 말싸움을 피하지 않았다는 이유로, 친구가 선생님과의 문제가 생길 때면 나를 앞장세워 항의하기도 하고, 선생님에게 열댓 장의 탄원서를 써서 '내 친구'에게 벌을 주지 말라고 투서를 하기도 했다.

선생님의 체벌을 나눈 형제의 의리는 오래가지 못했다. 술과 게임을 싫어하는 나로서는 PC방에도, 깡소주를 깐 공원에도 가지 않았기에 금방 의리 없고 제 맘대로 구는 자식이 되어 버렸고, 고등학교 시절 여자친구가 무리에서 높은 서열인 '친구'가 아닌, 나를 선택했다는 이유로 나는 한동안 돌아오지 않는 미소를 지었어야 했다.

그렇게 스무 살이 넘어 술을 진탕 마시고 집으로 돌아오는 길, 나는 고등학교 시절 친구였던 몇 명에게 전화를 걸어 1시간 내내 욕을 했던 적이 있다. 분명 그날 나는 소주를 댓 병 마셨음에도, '아, 내가 이 친구에게 지금 몹쓸 짓을 하고 있구나.'라는 사실을 알고 있었다. 그 뒤로는 3잔 이상의 술을 마셔 본 적이 없다.

결국 고등학교를 졸업할 시점에는 다섯이 넘지 않은 친구가 남았고, 현재는 단 한 명의 친구와 연락을 왕래하고 있다. 나는 학창 시절의 친구가 남아 있지 않다는 사실을 인정하고 싶지 않았고, 이러한 자기부정은 한동안 나를 갉아먹었다.

내가 가장 가까웠던 친구와 멀어진 계기는 내가 몸이 아파 식사 약속을 일방적으로 취소했기 때문인데, 그 친구는 날 선 이야기를 내게 꺼내 놓았고, 나는 별다른 대꾸를 하지 않았다. 그렇게 멀어졌다. 나는 한동안 우리가 멀어졌다는 사실을 받아들이지 못했다. 그러나 이제 와 생각해 보면, 내가 그 친구를 아끼고 좋아해서 멀어진 사실이 안타깝다는 마음보다, 내가 혼자 남았다는 사실을 두려워했던 것 같다.

이제는 밤새도록 게임을 같이할 수도, 영화나 음악 취향에 관하여 하루 종일 수다를 떨 수도 없고, 남의 눈치를 보지 않고 음담패설을 즐길 수도 없다. 그러나 여전히 매일같이 사람을 만나고, 의지하고, 다투고, 웃는다. 친구들과 함께 지낸 시간보다 떨어져 지낸 시간이 더 길어진 오늘에서야 깨닫게 되었다.

나는 이렇게 나의 삶을 지독하게 괴롭혔던 10대 시절의 알량한 우정을 이제 떠나보내려 한다. 과거에 붙잡혀 살기엔 인간은 너무나도 찰나의 순간을 산다. 나는 이 사실을 꼬박 만 9년 동안을 괴로워하고서야 알았다.

광주시로의 전출을 앞둔 지금, 다른 부서를 포함한 많은 직장 동료들이 나와의 마지막 식사 한 끼를 약속한다. 나는 말이라도 정겨워 고맙게 느꼈다. 다만, 나도 이제는 연락이 닿지 않는 가장 친했던 친구와 밥이라도 한 끼 하고 헤어졌으면 좋았겠다는 생각을 했다.

2025. 2. 7.

지독함은 다시 떠오른다

고등학교 내내 어울렸던 친구가 있다. 내가 진학한 고등학교에는 같은 중학교를 졸업한 친구가 2명(그마저도 그리 친하지 않았던…)뿐이었기 때문에 함께 어울릴 만한 친구가 없었다. 그렇게 새 학기에 겉멋을 부리며, 분위기를 살피고 있던 차에 어쩌다 한 무리에 합류할 수 있었다. 사실 내가 그 무리에 합류했던 특정한 사건. 혹은 그 친구와 어쩌다 어떤 대목에서 친하게 되었는지는 기억하지 못한다. 다만, 기억을 더듬다가 한 가지 순간이 떠올랐다. 그 친구는 어느 날 박찬욱 감독의 영화《올드보이》를 나를 포함한 무리에 있는 사내들에게 추천했다.

싸구려 코미디 영화가 전부였던 사내들에게 올드보이는 대단한 문화적 충격이었다. 그 이후 나를 비롯한 무리의 사내들은 모두 영화광이 되었다. 내가 이창동, 고레에다 히로카즈, 토마스 빈터베르크 등의 영화감독을 좋아한 것도 그즈음이었다. 친구는 김기덕, 홍상수 감독의 영화를 좋아했는데, 그가 이야기해 주는 영화의 줄거리를 듣고는 "취향이 제정신이 아니네…"라고 비난했던 기억이 난다. (이렇게 점잖은 말투는 아니었다.) 그 친구와는 비교적 빠르게 친해졌고, 함께 속한 무리에 아이들은 깊은 우정을 나누었다. 고등학교 1학년 여름방학에는 함께 도보여행을 갔는데, 나는 우려하는 친구들의 부모님을 설득하기 위해 예상 경로와 필요한 경비가 적힌 편지를 써서 보냈다. 편지를 받은 어머니들은 나의 어머니와도 가깝게 지내게 되어 고등학교를 졸업할 때까지 서로 왕래를 했다.

고등학교 3학년 때에도 공부는 하지 않고, 아파트 옥상에 올라가서 기타를 치며 노래를 부르기도 했고, 부모님께는 독서실에 다녀온다고 말하고 새벽까지 수다를 떨다가 집으로 돌아가기도 했다. 그래도 지금 생각해 보면, 술과 담배 없이 참으로 건전하게 잘 놀았다고 생각한다. 그 친구는 어느 날부터 연극영화과를 가겠다고 선언했는데, 무리의 아이들은 그것이 그 친구의 오랜 꿈이었는지는 알지 못했다. 그 친구는 결국 연극영화과를 갔고, 끝내 몇 번의 부침을 겪어 서울예대에 진학했다. 이 친구와 나는 스무 살 무렵 절연했다. 부끄럽지만, 절연한 이유는 선명하게 떠오르지는 않는다.

분명한 것은 절연한 까닭이 그 친구가 내게 무례하게 굴었다거나, 내가 그 친구에게 특정한 실수를 했기 때문은 아니었다.

다만, 사내들은 어떤 시기에 친구들을 멀리할 수밖에 없는 때가 있다. 내게는 그때가 스무 살 무렵이었다. 나는 친구들에게 알리지 않고, SNS를 모두 탈퇴했고 전화번호를 바꿨다. 그러다 어느 날 산책을 하다 그 친구를 우연히 만났고, 그 친구는 내게 전화번호가 바뀌었냐고 물었다. 나는 우물쭈물하다 더는 연락을 하지 않았으면 좋겠다는 말을 건넸던 것 같다.

물론 나이를 먹은 지금은 인연을 정리할 때, 이렇게 극단적인 방법을 사용하지는 않는다. 서서히 멀어지는 관계를 관망하거나, 구태여 먼저 호의를 보이지 않고 불필요한 안부를 묻지 않는 성숙한 방법으로 인간사의 갈등을 최소화한다. 너무 늦게 알게 되었지만, 여러 시행착오를 겪은 후에 축적된 방법이다. 그러나 불행하게도 그 친구에게는 마지막 인사를 성숙하게 건네지 못했고, 결국 그 친구와 관련한 기억은 내가 10년 전에 건넨 극단적인 인사가 마지막이었다.

며칠 전까지는.

나는 우연히 SNS를 통해서 그의 근황을 확인할 수 있었다. 그는 어엿한 10년 차 연극배우로, 때로는 연출가로 활동하고 있었다. 세간에 회자되는 슈퍼스타들처럼 세상에 이름을 알리지는 않았지만, 문화예술계의 한 축에서 분명한 역할을 하고 있는 것처럼 보였다.

그가 올린 다양한 게시글에는 지난 10년간의 활동을 한눈에 볼 수 있었다. 자신이 출연한 연극을 홍보하는 글, 자신이 연출한 극을 설명하는 글, 그리고 토막토막 사진과 영상이 함께 있었다. 그중 노동 연극을 끝마치고 올린 후기에 시선이 갔다. 그가 올린 하나의 게시글에는 익숙한 문장이 있었다. 몇 년 전 작성한 나의 글이었다. 나는 며칠을 고민하다 결국 그에게 연락하기로 결심했다.

"승훈아, 지난 20대는 안녕했니?"

나는 10년 전, 무정했던 나의 태도로 인해 인사를 거절당하지 않을까 하는 걱정을 했다. 혹은 나를 그다지 반가워하지 않으면 어쩌지 하는 생각도 했다. 승훈이는 오랜 시간이 걸리지 않아 금방 답을 보냈다.

"너는 왜 이제 나타나니. 보고 싶었다. 안녕했어. 넌 잘 지내?"

나는 10대 시절 옹졸하게 지낸 것이 20대 내내 발목을 잡았다고 핑계를 댔다. 30대부터는 달리 살 수 있을 것 같아 연락했다고 말했다. 우리는 밥벌이를 하는 이야기를 한참 나눴다. 그러다 문득 그는 어쩌다 나의 글을 인용하게 되었는지 구체적인 경위를 설명했고, 그 과정에서 내게 미리 알리지 못해 미안했다며 정중하게 사과했다.

나는 그가 나의 글을 사전에 동의를 받지 않고 인용한 사실이 원망스럽지는 않았다. 오히려 나의 글을 인용함으로써 그와의 연락을 재개할 수 있었다는 사실에 기뻤다.

우리는 그렇게 대화를 마무리하며 동네에서 만날 날짜를 정했다. 물론 승훈이를 다시 만난다고 한들 10대 시절의 기억과 추억으로 완전하게 돌아가지는 못할 것이다. 서로가 꿈꿔 왔던 가치는 바랬고, 현실과 얼마나 타협했는지 정도에 따라 부끄러움의 총량이 달라질 것이기 때문이다.

그럼에도 불구하고 지난 10년간 애써 외면해 왔던 어리석은 시절의 모습을 마주할 수 있다는 사실만으로도 사뭇 기쁜 일이라 느낀다. 올해도 한 달이 벌써 지나갔다. 사람들과 대책 없이 약속만 잡아 놓고, 지키지 않은 일들이 많다. 동백, 구성, 양천, 전주, 진안. 가야 할 곳도 많다. 10년 치 숙제를 뒤늦게 하는 셈 치려고 한다.

2025. 1. 31.

지우개 가루

창피한 이야기를 하나 한다. 나는 서른이 지나서도 여태 지우개 가루를 뭉치고 논다. 사실 논다는 표현은 적절치 않다. 지우개 가루에 의지한다. 일을 할 때에도, 책을 읽을 때에도, 특히 글을 쓸 때(지금도)에는 더욱 지우개 가루에 의지한다. 과거 직장에서 일을 할 때에도 지우개 가루를 잃어버리면, "어디 갔지?" 하며 찾아 댔다. 동료들이 "뭐 잃어버렸어요?"라고 물으면, 나는 그럴 때마다 "정신과 처방약을 잃어버렸어요."라고 답을 했는데, 대부분의 동료들은 "또 시작이네…" 하며 그다지 신경을 쓰지 않았다.

지우개 가루에 의지한 역사는 제법 오래되었는데, 초등학교 시절부터 지우개 가루를 갖고 논다고 장씨 성을 쓰는 여선생으로부터 얻어맞은 기억이 있다. 중학교 시절 연설대회에 나갔을 때에도 지우개 가루를 뭉쳤고, 고등학교 시절 동아리 활동을 할 때에도 지우개 가루를 만졌다. 한번은 같은 동아리의 1년 선배가 내게 자신의 친구를 소개하며 "아무개는 네가 마음에 든다는데, 이상한 코딱지 같은 걸 만진다는데?"라고 말을 했다. 나는 "좀 나눠 줘요?"라고 답을 했다. 어리석은 대답이었다. 그 이후로 연상의 여인과는 인연이 없다.

안성시의회에서 일을 할 때에는 사비로 지우개를 박스로 사다가 가루로 뭉쳤고, 광주에 전입한 이후에도, 사내 매점에서 주기적으로 지우개를 구입하고 있다. 이는 내가 연필과 육필원고를 고집하기 때문이 아니라, 순전히 지우개 가루 때문이다. 나는 집에서도 지우개 가루를 뭉치는데, 아버지와 어머니는 내가 떨어뜨려 잃어버린 지우개 가루를 발견하면 이를 버리지 않고 한곳에 모아다가 내 책상 위에 다시 놔두신다. 그리하여 나의 양복 주머니 곳곳에는 지우개 가루의 흔적이 있다. 사실 양복뿐만 아니라, 사적인 자리에서 입는 청바지나, 편한 복장에도 지우개 가루가 있어서 빨래를 하는 어머니와 아버지에게 지청구를 먹은 적이 한두 번이 아니다.

그러다 보니, 어느새 휴대전화에도 지우개 가루의 흔적이 가득했다. 나는 오랜만에 휴대전화의 보호 케이스와 붙어 있던 스티커를 뜯어내고, 묻어 있는 지우개 가루를 닦아 냈다. 여기저기 잔흠집이 남아 있던 휴대전화는 마치 새것처럼 보였다. 반짝거리는 휴대전화를 가만히 들여다보다, 나는 왜 지우개 가루를 뭉치는가를 생각했다. 오랜 고민 끝에 내린 결국 '불안감' 때문이라는 결론을 내렸다.

지난 연말, 김태훈 선생과 이혜빈 정책지원관을 각각 만날 수 있었다. 이들과의 대화에는 새롭게 발원한 주제란 많지 않았으나, 사뭇 평온한 감정을 오랫동안 느낄 수 있었다. 나는 그들과의 대화를 복기하다 문득 나 자신이 과거만큼 불안감을 갖고 있지 않다는 생각이 들었다. 과거에는 좋은 사람들을 만나서, 이야기를 나눠도 이유를 알 수 없는 불안감으로 신경이 곤두서 있었다. 이로 인해 몇몇 인품이 너그러운 사람들에게는 사람이 괜찮다는 평가를 받았지만, 대다수의 사람들에게는 냉소적인 사람이라는 평을 감수했어야 했다.

이러한 이야기를 지금의 직장에서 꺼내면, 사람들은 쉬이 믿지 않는다. 안성을 떠난 지 1년이 가까워지는 시기. 이제는 출근을 두려워하지도, 사람으로 인해 괴로워하지도 않는다. 지우개 가루에 의지해야만 했던 시간. 그 시기를 온전하게 극복하는 데 도움을 준 사람들에게 진 빚이 많다는 생각이 들었다.

물론 지금 나의 직장에도, 몰상식하고 예절을 잃은 사람들은 있다. 그러나 그러한 사람들이 주류가 되어, 상식으로 대우받지는 않는다. 나는 이것이 안성과 광주의 결정적인 차이라고 본다. 한편으로는 직장을 옮기고 일상을 회복하기까지 꼬박 만 10

개월이 걸렸다는 사실을 생각해 보니, 허한 감정이 들기도 한다. 그러나 지난 4년 6개월 동안 우리 집의 생계를 책임졌다는 값으로 생각해 보니 비교적 싸게 먹힌 대가가 아니런가 하는 생각도 들었다.

우연처럼 맞이한 일상의 회복을 기념으로 1월의 마지막 주즈음부터는 퇴근하고 나면 관내 시립도서관에 갈 생각이다. 약간의 지우개 가루를 챙겨서. 퇴근 직후 시립도서관 내의 구내식당에서 돈가스나 제육볶음을 사 먹고는 탈빈곤 정책에 관한 글도 쓰고, 책도 읽고, 떠나게 될 여행지의 외국어도 공부할 요량이다.

할 일이 많아 기쁜 신년이다.

2026. 1. 17.

29

이제 한 달만 지나면 삼십 대가 된다. 그러나 나는 직장에서도, 사회에서도 '막내 라인'에 속해 있는 터라 이런 이야기를 꺼내면 지청구를 먹기 십상이다. 그럼에도 불구하고 겁이 나는 것은 사실이다. 20대를 바라보는 19세에는 드디어 공민권(과장이 아니다. 내 생애 첫 투표권 행사는 투표율 9.17%의 광역의원 재보궐 선거였다.)이 생긴다며 설레는 감정이 있었다. 학교 선생이나 주변 어른들은 20대가 되면 성인이 되는 것이니 많은 책임과 의무가 생긴다고 겁을 줬지만, 실제로 겁이 나지는 않았다.

그런데 서른은 뭔가 다르다. 설렘보다는 두려움이 앞선다. 남자 인생의 큰 숙제인 군 복무도 마쳤고, 나름대로 적령기보다 약간 이른 나이에 취직을 해서 정년이 보장되는 직장도 가졌는데, 알 수 없는 두려움이 생긴다. 나는 그리하여, 이 감정을 천착하여 들여다보아야겠다는 생각이 들었다. '알 수 없는 두려움'이라 하면 불안함으로부터 비롯한 감정일 것이고, 불안함이란 보편에서 벗어나고 있다는 자기진단으로부터 발원한 탓일 것이다. 그러나 그 보편의 기준은 『민법』에서 규정하고 있는 선량한 풍속 및 사회질서를 말하는 것은 아니고, 청소년기 시절부터 축적된 편향된 사고가 정의한 잣대라고 할 것이다. 그렇다면, 나는 과연 어떠한 잣대에서부터 멀어지고 있다고 느꼈는가를 반추해 보지 않을 수 없다.

그러나 그 기준에 대하여 말하기 위해서는 지난 20대의 삶을 회고해 볼 필요가 있다고 할 것이다. 나의 20대는 지나치게 냉소적인 태도로 살았던 것 같다. 어제는 고등학교를 같이 졸업한 동창과 연락을 했다. 학창 시절에는 그리 친하지는 않았지만 가끔 밥을 같이 먹고, 2~3년에 꼭 한 번씩은 연락을 주고받았다. 그는 내가 일을 시작한 2021년부터 공무원 시험 준비를 했고, 작년까지 공부를 하다 끝내 낙방하여 현재는 사립대학에서 계약직 행정사무원으로 근무하고 있다. 그가 공부하는 동안에는 전화를 하기 어려워, 오랜만에 닿은 연락이었다. 그러나 그는 이전보다 냉소적인 사람이 되어 있었다. 나는 그와 대화를 하다 냉소적인 태도에 지쳐 문득 "이 새끼야, 네가 시험 떨어진 게 내 탓이냐?"는 말을 하고 싶은 욕구가 들었지만, 그러다가도 가슴 한편 안쓰럽다는 마음이 들었다. 어쩌면 "잘 지내냐"라는 나의 말에 상처가 될 수도 있겠다고 생각했다.

나는 친구의 모습에서 나의 20대가 보였다. 살아남아야 한다는 일념하에 방어기제로 가득했던 지난날들이 떠올랐다. 살아남아야 한다는 일념은 결국 밥벌이를 해결해야 한다는 것이고, 밥벌이를 해결하기 위해서는 나와 동시대에 태어난 청년들을 상대로 싸워 이기고, 나의 약점을 잡는 사람들의 목덜미를 잡고, 나의 강점을 폄하하는 사람들의 코를 납작하게 만들었어야 했다. 나는 그 과정에서 나의 적들에게 날이 서린 단어를 사용했고, 선을 넘지 않는 지점에서 불쾌감을 주기 위하여 최선을 다했다. 그렇게 살았다.

내게 줄곧 비아냥거리는 팀장에게 "왜 아직도 그렇게 사십니까."라고 말하고, 나의 의견이라면 반대부터 하는 사람들에게 "바뀐 시대에 적응하지 못하겠으면, 이제 퇴장하시라."라고 말했다. (물론 보다 더 심한 이야기도 줄곧 했을 것이다.) 그러나 이렇게 말한들 축적된 화가 풀리는 것도, 속이 시원한 것도 아니었다. 그렇다. 내가 안성을 떠난 이유는 사실, 가정적인 이유가 아니다. 다르게 살고 싶었기 때문이다. 그런 맥락에서 생각해 보면, 안성을 떠나 광주로 이주하여 정착한 것은 나의 삶에 손꼽히는 좋은 선택이었던 것 같다.

그러나 안성에서의 나의 삶은 안성에서만 만들어진 것은 아니었다. 군 입대를 하기 전에도 '쿨한 사람'처럼 보이고 싶은 마음에 친구들에게도 여럿 마음의 상처를 줬을 것이고, 군대에서도 썩 인격자로 지내지는 못했다. 선임들에게는 어려운 후임이었고, 후임들에게는 엄격한 선임이었다. 그 과정에서 결국 나의 일신 전반은 따뜻함과는 거리가 멀었다. 아니, 냉소적인 사람에 가까웠다. 그러나 그러한 행동들은 나를 두고두고 부끄럽게 만든다. 나는 왜 그 순간에 따뜻한 사람이 되지 못했을까. 나는 왜 사람들에게 친절하지 못했을까 하는 생각이다. 이는 과거 내가 밥벌이를 고민하는 태도가 결국 방어기제로 발휘하여 냉소적인 삶의 방식이 살아가는 기준이 되었다고 본다.

이러한 맥락에서 생각해 보면, 내가 앞서 이야기한 청소년기 스스로 만들어 낸 잣대에서 멀어진다는 불안함은, 실은 나름대로 괜찮은 방향으로 나아가는 과정이 아닐까 하는 생각도 든다. 그러나 스스로 만들어 낸 잣대와는 달리, 따뜻한 사람으로 나아가는 과정(혹은 따뜻한 사람이 되어야겠다는 다짐)은 스스로 만들어 낸 것은 아니다.

2016년, 20대의 시작을 서반아에서 우연히 만나 함께했던(당시 제주교육대학의 학생이었던) 김겸주 형님, 군에서 아버지처럼 의지했던 육군 상사 최승호, 원불교 교무 김혜천, 각각 상급 병원에서 근무하는 조성훈, 엄민혁 선생, 훌륭한 교사이자 친구인 김태훈 선생, 동사무소에서 온갖 잡일을 함께했던 정민웅 주무관, 언제나 응원해 줬던 의회사무과의 네 분의 속기 주무관(내 생각에 실명을 적는 것을 좋아하지 않으실 것이다.) 그 밖의 평택에서 만난 성공회 신자들과 여러 사람들⋯ 광주로 오기 전에도 나의 삶을 바꿔 주었던 귀한 인연들이 많았다. 내가 좋은 사람이 되고 싶다는 다짐을 하게 된 이유는 다름 아닌, 이렇듯 수많은 사람들 때문일 것이다.

아마 한 달이 지나, 서른이 되어도 나의 일신에는 큰 변화가 없을 것이다. 20일이 되면, "월급이 뭐 들어오다 마네, 회계과가 횡령하고 있는 것 아닌가?" 하며 투덜댈 것이고, 금요일 17시 어간이 되면 들썩거리는 마음을 감추지 못해서 "이번 주는 끝, 일요일까지 파업"이라며 경솔할 것이다. 피곤한 일상에 퇴근하고 나면, 화장실 거울 앞에 서서 "이제 어디다 팔지도 못 하겠다."라고 좌절하겠지만, 샤워를 한 직후에는 "아직 1~2년은 쓸 만하겠는데?"라고 생각할 것이다. 그럼에도 불구하고 20대에 가졌던 냉소적인 태도는 꺼내지 않을 것이다. 냉정함이 이 사회에 선한 영향력을 미칠 수도 있겠으나, 그것이 꼭 나를 경유할 필요는 없다.

요컨대 20대 지났했던 시절의 단 한 가지의 교훈은 결국 따뜻함이 냉정함을 이긴다는 사실이다. 이렇듯 값비싼 교훈일 줄 알았다면, 참선(參禪)을 할 적에 화두(話頭)를 달리 잡았을 것이라는 생각이 든다. 10년을 회고한 일에 고작 한나절이 걸리니 헛헛한 감정도 들지만, 다가올 10년을 방황하지 않으려거든 헛헛함 대신 고맙고, 감사한 마음을 가져야 한다는 것이 나의 생각이다.

2025. 12. 1.

일상의 어려움

ⓒ 박요한, 2026

초판 1쇄 발행 2026년 3월 27일

지은이   박요한
펴낸이   이기봉
편집   좋은땅 편집팀
펴낸곳   도서출판 좋은땅
주소   서울특별시 마포구 양화로12길 26 지월드빌딩 (서교동 395-7)
전화   02)374-8616~7
팩스   02)374-8614
이메일   gworldbook@naver.com
홈페이지   www.g-world.co.kr

ISBN   979-11-388-5547-1 (03810)